공무원의 맛

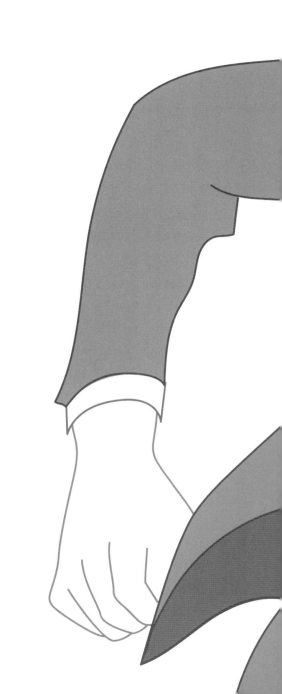

공무원의 맛

정하늘 지음

크륵

공무원이 되기 전, 어느 행정복지센터(주민센터, 동사무소)를 방문한 적이 있다. 하늘하늘 원피스를 입은 나이 든 여자 직원이 내 민원서류를 발급해 주었다. 마침 점심시간이 되었고, 그 직원은 곧바로 다른 직원과 함께 담소를 나누며 사무실을 떠났다. 그때의 분위기는 한가로웠고, 속으로 이런 생각을 했다. '저렇게 여유롭게 일할 수 있으면 얼마나 좋을까. 신분증을 조회한 대로 서류를 발급하는 일 같으면, 딱히 어려울 것도 없을 것 같은데~ 공무원? 되기만 하면 참 좋을 듯!' 이처럼 내 머릿속의 공무원은 꽤 여유로운 사람들이었다. 겉으로 보이는 단면만 보고 지레짐작하고 있었다.

나중에 알고 보니 내가 느긋함을 느꼈던 그곳은 지자체에서 민원이 적기로 손꼽히는, 얼마 되지 않는 곳이었다. 그리고 시험에 합격한 후 실제 공무원 조직에 대한 다양한 정보를 접하면서, 공무원의 일이 쉽지만은 않다는 것을 알게 되었다. 그러나 매스컴에 비치듯이 공무원 조직은 '칼퇴'를 미덕으로 여길 것이라 생각했고, 휴가도 일반 회사보다는 많이 쓸 수 있을 줄 알았다. 또 다른 직종에 비해 비교적 차분하게 일할 수 있고, 모든 면에서 체계적일 거라고 생각했다. 그런데 실제 공무원이 되어 보니, 나의 예상과 다른 부분들이 있었다. 하지만 어차피 애초에 공무원이 어떤 일을 하는지 별로 신경 쓰지 않았다. 일단 시험에 합격해서 공무원이 되는 것이 중요했다. 또 이미 지인 중에 공무원이 여럿 있었는데, 이런저런 이야기를 들었다 한들 직접 체험해보지 않는 이상은 피부로 와 닿지 않았을 것 같기도 하다.

 9급으로 공직에 들어와서 한창 적응하고 있을 무렵, 어떤 7급 주무관님이 그런 얘기를 하셨다. 본인이 8~9급 말단이었을 때는 공무원 생활이 지금보다 여유가 있고, 할만했다는 것이다. 비단 말단이어서가 아니라 지자체의 근무환경이 지금보다는 나았다면서 말이다. 여러 일화를 늘어놓으며 그때가 좋았다고 읊조리듯 얘기했다. 좋았던 시절에 공감이 가면서, 이제 그 좋은 시절은 다시는 안 오는 건가 싶었다.
 그런데 한편으로는 주변 계장님들의 말을 주워듣다 보면, 시간을 거슬러 간다고 해도 마냥 좋기만 하지는 않았던 것 같다. 옛날에는 사무실 안에서 담배를 피우는 직원들이 있어서,

한 계장님이 신규일 때는 담배 재떨이 비우는 일이 일과였다고 한다. 또 서류와 문서로만 보관·처리되었던 업무들이 일제히 전산화가 되는 과정에서, 많은 직원의 눈물겨운 노고가 있었다고 한다. 정부가 바뀌고 정책이 바뀔 때마다 사무실 혹은 현장에서 밤낮없이 일해야 했던 어느 계장님의 경험담을 듣기도 했다. 옛날에도 일이 많은 부서의 직원들은 늘 바쁠 수밖에 없었다.

어느 직원이 직접 본 바로는 글을 쓰는 지금의 시점에서 8~9년 전쯤만 해도 부서장님 중에는 기획서나 보고서를 뭐 이딴 식으로 해 왔냐고 소리를 지르며 결재판을 집어 던지는 사람도 있었다고 한다. 그런 사람은 공직 안팎에서 다 존재했구나 싶었다. 다른 회사에 다니던 때도, 그와 비슷한 얘기를 전해 들었기 때문이다. 그 회사에서 어느 상사가 자신의 상급자에게 불려갔는데, 그 상급자는 결재판만 던진 것이 아니라 근처의 다른 물건들도 같이 집어 던졌다고 한다. 어딜 가나 그 시절에는 그 시절의 애로사항이 있었던 것 같다.

다만 그런 이야기는 시간이 지날수록, 먼 나라 얘기처럼 들렸다. 예전과 견주어 봤을 때 현재의 공무원 조직은 시대의 변화에 발맞춰 오면서, 제도적·문화적으로 좋아진 점들이 많이 있었다.

공무원을 하는 동안 오색(伍色)의 시간을 경험했다. '이것 때문에 다들 공무원 하는구나!' 싶은 달달한 맛을 보았고, 공무원이 극한 직업으로 느껴지는 아찔한 때가 있었다. 적응하고 성장해 가는 뿌듯한 시간이 있었고, 어딘가 개운치 않은 찝찝한 때가 있었다. 사람들 사이에서 따뜻함을 느꼈던 훈훈한 시간도 있었다. 그러한 시간이 앞으로도 계속될 것으로 생각한 적도 있지만, 후에 공무원을 자발적으로 그만두게 되었다. 지방 행정 9급 공무원으로 임용된 후 7급으로 재직하던 때였다. 항상 좋기만 한 것은 아니었지만, 만족스럽게 느껴지기도 했던 공무원 생활이었다. 그만큼 지극히 개인적인 이유의 퇴사였으며 공무원 조직이나 업무로 인한 것은 아니었다. 개인적인 환경의 요인이 있었던 만큼 공무원 퇴사를 후회하지는 않는다.

다만 앞서 말한 오색(伍色)의 시간은 글로 쓰지 않았다면 내 안에만 남아 있는 흐릿한 추억이 되었을 것이다. 그런데 내가 경험한 것을 글로 쓰게 되면 여러 독자에게 도움이 될 수 있겠다는 생각이 들었다. 이미 시장에는 공무원에 대한 이러저러한 이야기와 책이 많다. 그러나 모든 이의 기억과 경험이 같지 않으며, 똑같은 상황에 대해서도 다른 생각과 감정을 가질 수 있다. 나는 다양한 관점에서 그 시간을 바라보려고 노력했다. 이 책이 누군가에게는 재미와 공감을, 누군가에게는 공무원 조직 분위기나 직업에 대한 유용한 정보를 드릴 수 있기를 바란다.

목차

이 글에서 언급된 내용 중에는 개인의 경험, 소속기관, 법령의 변동 등에 따라 달라지는 부분이 있을 수 있음을 알려드립니다.

- 이 맛에
- 공무원 한다

공무원에게도
인기 있는 직업

"지금 우리 애는 절에 있어. 내가 말했지. 공무원 시험 이번에 또 떨어지면 집에 들어올 생각 말라고."

직원들과 이런저런 대화를 하던 중에 부서장님이 꺼낸 얘기를 듣는 순간, 속으로 뜨악하고 말았다. 옛날에 고시 준비를 하려고 절에 들어간 사람들 얘기는 종종 들어봤다. 그런데 요즘 시대에 공무원 시험 준비를 하려고 절에까지 들어가다니, 너무 구시대적 발상 아닌가 했다. 하지만 한편으로는 새삼 공무원 시험이 어렵긴 어렵구나 싶었다. 자녀가 공무원이 되길 무척 바라시는 부서장님의 마음 또한 느껴졌다.

절에 들어간 부서장님의 자녀 이야기를 듣기 전에도, 공무원은 꽤 좋은 직업이라고 늘 생각하고 있었다. 다른 직종과 비교했을 때 가지고 있는 장점들이 분명히 있었기 때문이다. 또 이런 장점들을 중요하게 보는 사람들이 많아서, 공무원이라는 직업이 어느 정도 인기가 있는 것 같았다. 현직자들이 공직 생활을 이어가는 이유가 될 수도 있겠다.

다른 부서에 발령을 받아 일하던 때였다. 그곳에서도 자녀를 공무원 시키려는 직원들을 보게 되었다. 한 직원분은 대학생인 자녀가 공무원 수험생활을 하고자 고시촌에 있는 상황이었다. 그분이 자녀에게 매달 보내는 지원비가 꽤 많았다. 속으로 '저렇게 지원해 주는데도, 자녀가 합격을 못 하면 속상하겠다.'라는 생각을 한 적이 있다. 다른 직원분도 자녀의 공무원 수험생활을 뒷바라지하고 있었다. 자녀의 나이가 많은 편이었는데도 말이다. 평소 괄괄하고 카리스마 있는 분이라서, 자녀에게는 '너 알아서 해라!'라며 무심하실 것 같더니, 공무원이 되는 일은 다른 문제였나 보다. 또 다른 직원분도 자녀가 공무원 수험생이었다. 그분은 각종 공무원 시험마다 큰 관심을 가지고 자세하게 살피곤 했다. 이렇게 부서 내 직원들의 장성한 자녀들이 공무원 수험생활을 하는 모습을 보면서 조금은 놀라게 되었다. 생각보다 그 수가 많았기 때문이다.

본인의 지나온 공직 생활에 대해서 강한 자부심과 보람을 느끼던 분이 있었다. 어쩌다 함께 출장을 오가며 시내를 둘러보면, '저 건물 내가 지었다.'라는 식의 언급을 더러 하기도 했다. 이런저런 어려움이 있었지만 결국 잘 해낸 얘기들이었고, 누가 봐도 큰 성과물이었다. 재직기간이 길었으니, 그 자리에 이르기까지 얼마나 굵직한 일들을 많이 해 왔을까 싶었다. 말단 직원들과는 비교할 수 없이 연봉도 높았다. 그래도 자녀에게까지는 굳이 공무원이라는 직업을 권하지 않을 거라고 생각했다. 그 자리에 있기까지 험난한 일도 있었을 것이며, 현재의 위치에서도 종종 큰 부담감과 애로사항을 느끼는 듯 보였기 때문이다. 그런데 정반대였다. 자녀가 다른 직업이 있는데도 불구하고, 그 직업을 그만두고 공무원 시험공부를 할 것을 계속 권유해 왔다는 사실을 알게 되었다.

부모의 대를 이어 같은 지자체 공무원이 된 경우도 간혹 보았다. 그럴 때는 부모님이 공무원 현직자 또는 퇴직자인 까닭에, 부모님과의 친분을 통해서 여러 직원과 빠르게 가까워지는 듯했다. 그런데 그것이 꼭 좋게만 작용할 것이란 법은 없으니 그런 상황에 놓이는 것이 오히려 부담스럽거나 하면, 합격 커트라인이 더 낮거나 일이 더 수월할 수 있는 인근 지자체 시험에 응시하는 방법도 있었다. 하지만 부모님이 속해 있던 지자체로 시험을 치르고, 합격 후에도 성실하게 잘 근무하는 이들의 모습을 보면 그것도 제법 좋아 보였다. 물론 모든 직원이 자신의 자녀가 공무원이 되기를 바라는 것은 아니었다. 자녀 스스로가 공무원이 정 되고 싶다면 모를까, 그게 아니라면 굳이 공무원이라는 직업을 권유하고 싶지는 않다는 분도 있었다.

자녀가 공무원이 되길 바라는 직원들과 실제로 공무원 수험생 자녀를 둔 직원들을 볼 때마다, 공무원은 외부에서뿐만 아니라 공직 내부에서도 인정받는 좋은 직업임을 느끼게 되었다. 공무원 연금이 예전보다 많이 줄었다고 해도 그분들의 시선에서 보면 이처럼 괜찮은 직업은 별로 없다고 여기는 것 같았다. 심지어 직접 이 직종에 몸담고 살아온 분들이었다. 공직 안에서 온갖 업무, 시책 사업을 다 해 보았을 것이며 직업을 때려치우고 싶은 순간도 분명히 있었을 것이다.

그러나 공무원을 계속해 보니, 그것도 오래 해 보니, '이 직업은 참 괜찮다! 세월이 갈수록 좋다!'라고 느꼈던 것 같다. 그렇기에 자녀에게 공무원이 될 것을 권하거나, 자녀의 수험 생활을 물심양면으로 지원하는 것이란 생각이 들었다. 나 역시 정말 아니다 싶으면, 내 자식에게, 내가 걸어왔고 또 걷고 있는 길을 추천하지는 못할 것 같다.

[전체 공무원 현원 등]

전체 공무원 현원

(기준일: '22.12.31. / 단위 : 명)

구분				전체
합계				1,173,022
행정부	소계			1,146,278
		국가		765,090
	지방	소 계		381,188
			지방자치	308,820
			교육자치	72,368
입법부				4,809
사법부				18,378
헌법재판소				376
중앙선거관리위원회				3,181

출처 : 인사혁신처, 《2022년 행정부 국가공무원 인사통계》 p.3. 발췌

행정부 공무원 직종별 현원

• 국가공무원

(기준일 : '22.12.31. / 단위 : 명, %)

구분	합계	정무직	일반직	특정직					별정직
				외무	경찰	소방	검사	교육	
인원	765,090	130	180,024	2,186	144,697	64,498	2,163	370,869	523
비율	100%	0.0%	23.5%	0.3%	18.9%	8.4%	0.3%	48.5%	0.1%

• **지방자치단체 공무원**   (기준일 : '22.12.31. / 단위 : 명, %)

구분	합계	정무직	일반직	특정직		별정직
				자치경찰	교육	
인원	308,820	279	306,935	157	777	672
비율	100%	0.1%	99.4%	0.1%	0.3%	0.2%

출처 : 인사혁신처, 《2022년 행정부 국가공무원 인사통계》 p.5. 발췌

행정부 일반직 중 '행정 · 기술직군'의 직렬

※ 일반직 공무원의 직군, 직렬, 직류, 계급 및 직급의 전체 내용 및 표는 「공무원임용령」 [별표1] 및 「지방공무원임용령」 [별표1]에 있음

• **국가공무원 (3급~9급)**

직군	직렬
행정	행정, 세무, 교정, 검찰, 관세, 보호, 출입국관리, 통계, 직업상담, 방호, 사서, 감사, 철도경찰, 마약수사, 사회복지 ※ 행정직렬의 직류 : 일반행정, 인사조직, 법무행정, 재경, 국제통상, 고용노동, 문화홍보, 교육행정, 회계
기술	공업, 농업, 임업, 수의, 해양수산, 기상, 보건, 의료기술, 식품위생, 의무, 약무, 간호, 간호조무, 환경, 항공, 시설, 방재안전, 전산, 방송통신, 방송무대, 운전, 위생, 조리

출처 : 「공무원임용령」 [별표1] 〈개정 2023.8.30.〉 발췌

• **지방자치단체 공무원 (1급~9급)**

직군	직렬
행정	행정, 세무, 전산, 교육행정, 사회복지, 사서, 속기, 방호 ※ 행정직렬의 직류 : 일반행정, 법무행정, 재경, 국제통상, 노동, 문화홍보, 감사, 통계, 기업행정
기술	공업, 농업, 녹지, 수의, 해양수산, 보건, 식품위생, 의료기술, 의무, 약무, 간호, 간호조무, 보건진료, 환경, 항공, 시설, 방재안전, 방송통신, 위생, 조리, 시설관리, 운전

출처 : 「지방공무원임용령」 [별표1] 〈개정 2021.11.30.〉 발췌

쏠쏠한 수당
+ α

"공무원 월급 너무 짠 것 같지 않아요? 어떨 땐 진짜 한숨 나와요."

어느 날 한 직원이 내게 월급이 적지 않냐고 푸념했다. 종종 듣는 이야기였다. 뉴스에서도 간혹 공무원의 박봉을 주제로 한 기사가 다루어지기도 했다. 9급으로 공직에 들어온 지 얼마 되지 않은 신규 직원일수록 월급을 박봉으로 느낄 수 있을 것 같았다. 그런데 이와 다르게 생각하는 직원도 있었다.

어떤 직원과 식사하는 도중에 우연히 공무원 월급 이야기가 나왔다. 주변에서 들리기도 하는 박봉에 관해서도 말이다. 연차가 4~5년쯤 되는 시점에 있던 그 직원은 이렇게 말했다.

"난 내 월급이 적다고 생각 안 해요. 기본급여에다가 이것 저것 수당을 다 합치면, 연봉이 4천만 원 정도는 되니까요. 다른 곳에 비해서도 괜찮은 편인 것 같은데. 전 만족하면서 다니고 있어요."

박봉의 기준은 사람마다 다를 수 있었다. 같은 공무원이어도 누군가는 박봉이라고 했고, 누군가는 괜찮은 보수라고 했다.

보통 공무원의 보수를 계산할 때, 기본급(봉급) 외에 어떤 수당을 포함할지에 따라 그 금액이 달라졌다. 기본급 외의 각종 수당은 그 종류가 다양했고, 어떤 수당은 액수가 제법 컸다. 공무원의 월급이나 연봉에서 이 수당들을 빼고 얘기한다면, 공무원 월급을 제대로 파악하기가 어려울 일이었다.

수당■ 중에 제일 기분이 좋았던 것은 명절휴가비였다. 그 금액은 기본급의 60%였고, 설날과 추석날에 각각 지급되어서 1년에 2번에 걸쳐 꽤 큰 액수의 돈이 통장에 들어왔다. 명절이 다가오면 설레게 되는 이유 중 하나였다. 성과상여금은 성과 등급에 따라 보통 1년에 1번 지급되었는데, 최하위 10%

■　수당에 관한 자세한 내용은 「공무원 수당 등에 관한 규정」, 「공무원보수 등의 업무지침」 등에 나와 있다. 지방직의 경우, 「지방공무원 수당 등에 관한 규정」, 「지방공무원보수업무 등 처리지침」 등에서 확인할 수 있다.

이 맛에
공무원 한다

(징계자, 일부 휴직자 등)에 해당하지 않으면 90%에 해당하는 공무원이 받게 되는 것으로서, 월급보다 더 큰 액수가 되기도 했다. 또한 시간외근무수당(초과근무수당), 정액급식비, 직급보조비, 가족수당, 정근수당 등 여러 종류의 수당과 출장비 등의 여비가 있었다. 연가보상비도 있어서, 연가일수 중 미사용 일수에 대한 보상비를 받곤 했다. 수당은 아니지만, 일종의 수당처럼 생각하게 되는 복지 포인트도 매년 지급 받았다. 이 복지 포인트는 현금처럼 사용할 수 있었다. 지자체마다 금액의 차이가 있었는데 대체로 1~2백만 원 정도였다. 이렇게 공무원은 기본급 외에도 수당이 많은 편이었다.

공무원만 가입할 수 있는 장기저축상품도 있었다. 공무원이 되면 '행정공제회'라는 곳에 가입할 수 있는데, 그곳에서 운영 중인 '퇴직급여'는 높은 이율의 연 복리를 적용하는 장기저축상품이다. 퇴직 시까지 금액을 정하여 매월 납입해야 하는데, 경제적으로 여유가 없을 때는 월 1만 원까지도 납입 금액을 낮출 수 있어서 가입하지 않을 이유가 없었다. 또 시중 은행의 일반 과세율보다도 훨씬 낮은 비율의 과세 혜택을 받았다. 시중 은행이나 보험 상품 중에는 이와 같은 높은 이율의 장기 연 복리상품이 흔치 않은데, 공무원이 되면 이러한 상품을 퇴직 시까지 유지할 수 있었다. 매월 상당한 액수로 저축한다면 연 복리상품이므로, 오랫동안 재직할수록 수익률이 매우 높아지는 구조였다. 여러 직원으로부터 이 상품이 얼마나 좋은지를 전해 듣곤 했었다. 마음 한구석을 든든하게 해주는 미래의 큰 자산이 되는 것 같았다.

　가끔 주변 직원들은 공무원연금공단에서 자신의 예상 퇴직연금을 조회해보곤 했다. 당장 퇴직하더라도, 국민연금에서 받을 수 있는 연금보다는 훨씬 많은 연금을 받을 수 있었다. 재직기간이 15년 이상 된 직원들도 있으니, 자연히 금액이 커지는 부분이 있었다. 그런데 그동안 공무원 연금 개혁이 몇 차례 있었고, 2016년 임용자들부터는 '공무원 연금 반토막'이라는 말이 나올 정도로, 연금 수급액이 확 줄었다고 한다. 공무원 연금 액수 자체는 국민연금보다 크지만, 근무하는 동안 2배로 더 많이 떼어 가고 또 공무원의 재직기간이 긴 만큼 더 오랫동안 떼어 가서 그런 것일 뿐, 실질적으로는 공무원 연금이 국민연금보다 못하다는 얘기도 있었다.

　그래서 공무원 연금을 폐지하여 국민연금으로 통합하고, 공무원 퇴직 시에 다른 업종 퇴직자들처럼 퇴직금을 받게 해달라는 주장도 나오고 있었다. 참고로 공무원 퇴직 시에는 퇴직금이 아닌 소정의 퇴직수당을 수령한다. 만약 연금이 통합되면서 공무원도 퇴직금을 받게 된다면, 현재 기준으로 퇴직수당보다는 적어도 3~4배 이상은 많은 액수의 퇴직금을 받게 된다고 한다. 그러나 국민연금도 필요한 개혁이 계속 미뤄져 온 마당이었다. 정부는 다양한 각도에서 손익계산을 할 텐데 당장 지출해야 하는 재원의 마련이 너무 어려워지는 쪽의 요구라면, 그대로 혹은 바로 수용되기가 쉽지는 않을 듯했다. 이런저런 말들은 차치하고, 공무원 연금이라는 제도 자체만 놓고 본다면, 기본적으로 퇴직 후 수익원의 일종이었다. 죽을 때까지 매달 적지 않은 일정 금액이 나온다는 점은 100세 시대가 도래한 만큼, 그 정도의 가치는 있지 않을까 했다.

이처럼 공무원 연봉은 기본급과 여러 수당을 합하고 기타의 혜택 등을 감안한다면, 박봉은 아니었던 것 같다. 하루는 공무원을 한 지 11년 차쯤 된 어느 직원의 연봉이 5천만 원 중반대 가량임을 알게 되었다. 어떤 직원은 자신의 연봉이 6천만 원 후반대라고 얘기했는데, 연차가 대략 17년 차 정도였던 것 같다. 물론 연차가 비슷한 직원들 간에도 연봉의 차이는 있었다. 급수가 다르거나, 같은 급수여도 호봉이 다르거나 할 수 있었고, 초과근무를 별로 하지 않는 직원과 초과근무를 거의 매달 풀로 하는 직원 사이에서도 큰 차이가 났다.

재직기간이 30년쯤 되면서도, 나이는 50대 초반밖에 되지 않는 계장님들이 있었다. 20대 초반에 일찍 공무원이 된 경우였다. 공직에서의 모진 풍파를 다 겪으셨을 터였다. 그래도 간혹 저분들의 연봉은 얼마나 높을까 궁금해지면서 내심 부럽다는 생각이 들기도 했다.

정년 보장과
우상향 연봉

    지인 중 한 분이 대기업에 잘 다니고 있었다. 그런데 만약 50대가 되기 전에 퇴사하게 된다면, 무엇을 해야 할지를 고민하는 눈치였다. 대기업에서는 승진에서 반복하여 누락이 되면 퇴사로 이어지는 사례가 꽤 있는 것 같았다. 그 외의 사기업에서도 내부 또는 외부 경쟁에서 밀리게 되면, 근속을 보장받기 힘들어지는 경우가 생기는 듯했다. 공직에서도 성과가 중시되는 업무나 자리가 있고, 그로 인한 애로사항이 생기기도 했다. 지자체의 대규모 사업과 프로젝트일수록 담당 직원들의 어깨가 더 무거울 일이었다. 하지만 사기업에서의 실적과 성과 여부는 팀·부서의 존폐 문제나 개인의 실직으로까지 이어지기도 한다는 점에서, 공무원 세계와는 많이 대조되어 보였다.

공무원 조직에서는 퇴사 압박 같은 일은 전혀 본 적도 들은 적도 없었다. 오히려 50대가 되면 어느 직종보다도 왕성하게 근무할 수 있었다. 해임과 파면이라는 강제퇴직 중징계를 받을 사건만 일으키지 않는다면, 정년까지 일할 수 있었다. 능력이 남들보다 부족하고 눈에 띄는 실적이나 성과가 없더라도, 설령 평판이 안 좋기로 유명해도 잘릴 일은 없었다. 남들이 뭐라건 자신에게 맡겨진 일만 하면서, 마이웨이의 직장생활을 하는 것이 불가능한 곳은 아니었다.

다만 그만큼 인사부서에서는 여러 유형의 공무원들로 인해서 때때로 골머리를 앓는 것 같았다. 한번은 원래 앙숙이었던 두 명의 직원이 같은 부서로 발령났다가, 거기서 대판 싸웠다는 이야기를 어느 직원으로부터 전해 들었다. 두 직원 중 직급이 더 낮았던 직원이 인사부서를 찾아가서, 도저히 이렇게는 직장생활을 할 수 없으니 다른 부서로 보내달라고 울며 하소연했다고 한다. 심지어는 자신이 가고 싶은 곳을 콕 집어서 얘기했다고 한다. 결국, 인사발령이 나고 며칠 지나지 않은 시점이었는데도 불구하고 그 직원을 다른 부서로 보내기 위해서 또다시 인사발령이 났다.

공무원은 근무연한이 길어질수록, 능력과는 별 상관없이 매년 연봉이 올랐다. 해마다 호봉과 각종 수당의 액수가 늘어났다. 연공서열 중심의 조직이었기 때문이다. 단기간에 큰돈을 벌어들이지는 못할지라도 매일 성실하게 일하며 살아가다 보면, 어느새 통장 잔고가 불어나는 구조였다. 물론 능력이 출중해서 승진을 빨리하면 연봉이 더 높았다. 그러나 승진의 경우에도 같은 기수들끼리 차이가 크게 나지는 않아 보였다. 승진을 매우 빨리 하는 직원이 왕왕 있기는 했다. 그래도 휴직 등의 기간을 제외하면 대체로 비슷한 시기가 지나면 비슷하게 진급하는 편이었다. 설령 승진이 늦어진다고 하더라도, 개인에게 불이익이 가는 것은 전혀 없었다.

그럼 돈을 더 많이 받는 직원이, 일을 그만큼 많이 하느냐고 하면 꼭 그렇지도 않았다. 돈을 더 받는 직원은 비교적 한가하고, 돈을 덜 받는 직원은 일이 많아서 눈코 뜰 새 없이 바쁠 수가 있었다. 또 전자보다 후자의 실적이 더 좋을 수도 있었다. 이런 점들은 일반 사기업과는 꽤 차이가 나는 것 같았다. 이윤을 추구하는 사기업의 특성상, 단지 연차가 많다고 해서 월급을 많이 준다기보다는 주로 능력과 성과를 중심으로 하여 연봉을 책정할 테니 말이다.

공무원은 확실한 정년 보장으로 재직기간이 길어지면서, 다른 직종에 비하면 생애 소득이 큰 편에 속했다. 30살에 공무원이 되어 정년까지 근무한다면, 30년간 벌어들일 수익을 대충 계산해볼 수 있었다. 20살에 공무원이 된다면, 40년간 벌어들일 수익을 예상해볼 수 있었다. 한 공무원이 30~40년 동안 벌어들일 소득을 계산해보면 매우 큰 금액이었다. 이처럼 생애 소득이 큰 편인데다가, 향후 연봉액을 급여항목별로 비교적 상세하게 예측할 수 있으니, 살면서 다가올 미래를 안정적으로 설계할 수 있다는 이점이 있었다. 미래를 안정적으로 맞이할 수 있다는 것은, 기본적인 삶을 영위하는 데 있어서 누릴 수 있는 큰 행복 중 하나가 아닐까 싶었다.

하루는 옆 직원이 가족 이야기를 꺼냈다. 자기 형제도 자신처럼 공무원을 하면 정말 좋겠는데, 대학원을 고집하여 다니고 있다며 걱정하듯이 얘기했다. 돈이 많이 드는 것에 비하면, 미래가 불안해 보인다고 말이다. 학비는 학비대로 나가는데, 학교가 타지에 있어서 생활비도 따로 나가고 있었다.

"자기가 좋아하는 분야라면 그게 공부든 일이든 실~컷 해보고 나면, 나중에 뭘 하더라도 아쉬움이나 미련은 없지 않겠어요? 인생 뭐 있나~ 하고 싶은 거 하면서, 굵고 짧게 살아도 좋지."

"아니요~ 저는 안정적으로, 가늘어도 길~게 사는 게 더 좋은 것 같아요."

말로는 인생 뭐 있냐고 했던 나였지만, 그 직원의 말에도 충분히 공감할 수 있었다. 점차 공무원으로 살아가는 것 그 자체로서 마음의 안정감과 삶의 평온함을 느끼고 있는 나 자신을 발견하고 있었기 때문이다.

국내 최고의
육아휴직 제도

처음 취업 시장에 뛰어들었을 때는 결혼과 임신, 출산과 육아에 대해서는 크게 생각하지 않았다. 그것보다는 일단 취업하고 보는 것이 더 중요했다. 취업 스터디에 열심히 참여하면서 자소서와 이력서를 여기저기에 참 많이도 넣었었다. 기대와 낙담이 반복되었다. 다행히 고달픈 시간 끝에 나름 안정적이고 연봉도 괜찮은 회사에 입사하게 되었다. 내 인생의 고생은 끝이요, 행복이 펼쳐질 줄로만 알았던 순진한 때였다.

회사생활을 하고 얼마쯤 지나니 한 대학 선배가 떠올랐다. 대기업에 다니던 선배였는데, 오랜만에 후배들을 보러 대학교 동아리 회식에 놀러 온 적이 있었다. 그런데 술이 들어갈

수록 왜 사는지 모르겠다며 쓸쓸한 기운을 뿜어냈다. 대기업에 취직해서 한창 잘 다닐 시기 같은데, 동아리 회식 분위기에 안 맞게 왜 저러나 싶었다. 그런데 나도 회사에 다니고 보니, 그 선배가 조금씩 이해되는 것이었다. 더군다나 취업 전에는 취업만 하면 될 것 같았는데, 막상 취업하고 보니 안 보이던 문제도 보이기 시작했다.

그 당시 회사의 여자 선배들은 매우 강단 있는 분들이었다. 그런데 그들이 겪어야 했던 출산과 육아 이야기를 들어보면, 그들이 약자로 보이면서 한편으로는 처량하게 느껴질 정도였다. 그분들은 3개월 정도의 출산휴가는 겨우 썼지만, 회사의 분위기상 눈치가 보였는지 육아휴직은 쓰지 못했다고 했다. 게다가 자녀가 1명씩만 있는 상태였는데도 아이로 인해 매일 정신없이 바쁘다고 했다. 회사에 잘 다니려면 둘째는 무리인 것 같다며, 더 이상의 자녀 계획도 일체 없다고 했다. 오래전 이야기인지라, 조금씩 개선되어 온 지금의 출산·육아휴직 제도에 비하면 어쩔 수 없이 뒤떨어졌던 면도 있었을 것이다. 주변에서는 좋은 회사에 다닌다며 부러워하는 사람들이 있었지만, 여성의 출산과 육아와 관해서는 이러한 실상이었다.

그즈음에 나는 막연하게나마 여성이 출산하면 1년 정도는 쉬어야 한다는 생각을 하고 있었다. 그러나 현실은 그렇지 못한 경우가 많다는 것을 인지하게 되면서, 결혼 후 출산해도 아이를 잘 기를 수 있을지에 대한 회의가 들기 시작했다. 보통의 사기업을 다니며 1년 정도 육아 사유로 쉬고 싶다고 하면, 결국에는 회사를 그만둬야 하는 상황으로 가게 될 수도 있을 것 같았다.

여성이 아이를 낳아서 어느 정도 제대로 직접 키울 수 있으려면, 육아휴직 제도가 잘 보장되어있는 교사나 공무원 이외의 더 좋은 직업은 없어 보였다. 사실 공무원이 하는 일들에 대해서는 잘 몰랐다. 그러나 그것을 아는 것이 크게 중요하지 않았다. 결혼하여 육아휴직을 잘 쓸 수 있고, 게다가 정년까지 안정적으로 월급이 나온다고 하니 더 따져볼 것도 없이 충분히 좋은 직업이라는 생각이 들었다. 다만 그 길을 가야겠다는 확고한 의지까지는 없던 중에, 그 길에 도전해 보지 않으면 언젠가는 이를 후회할 수도 있겠다는 생각에 이르렀다. 더 늦기 전에 시작해야겠다는 마음이 들었고, 그때부터는 망설임이 없었다.

공무원이 된 후, 육아휴직을 하는 직원들을 실제로 많이 보게 되었다. 여성 공무원이 임신·출산했는데도 육아휴직을 안 쓰는 경우는 들어보지 못했다. 출산휴가도 육아휴직과는 별개로 90일이 보장된다. 알면 알수록 공무원의 육아휴직 제도는, 다른 직업들을 통틀어서 최고인 것 같았다.

육아휴직은 아이 1명당 3년까지 쓸 수 있다.■ 자녀가 2명이면 육아휴직을 6년까지 쓸 수 있다. 부부 공무원이라면, 동일 자녀에 대해 각각 휴직을 3년까지 쓸 수 있다. 그 자녀는 길게는 6년까지 엄마나 아빠로부터 직접 보살핌을 받을 수 있다. 휴직 중에도 1년간은 월봉급액의 80%에 해당하는 육아휴직 수당이 지급된다.■■ 여자 공무원의 경우에는 육아휴직 3년을 거의 채워 쓰는 경우가 흔했다. 영유아 시기에 1~2년, 초등학교에 취학할 즈음 1년 이런 식으로 말이다. 남자 공무원도 육아휴직을 1년 이상 쓰는 추세였다. 남자 공무원이 1명의 자녀 양육을 위해 3년의 육아휴직을 쓰거나, 2명의 자녀 양육을 위해 6년의 육아휴직을 쓰게 되더라도 문제 될 것은 없었다. 공무원이라는 직업의 최고의 장점 중 하나가 이처럼 아이와 함께할 수 있도록 도와주는 육아휴직 제도인 것 같았다.

여성 공무원은 출산과 산후조리, 일정 기간 자녀 양육에 몰두하더라도 경력단절에 대해서는 전혀 염려할 필요가 없었다. 육아휴직 후 얼마든지 복직할 수 있었으니 말이다. 이런 영향에서인지, 공무원 조직에서는 여성 직원의 수가 남성 직

■　　「국가공무원법」 제72조 제7호
■ ■　「공무원수당 등에 관한 규정」 제11조의 3 (육아휴직수당)

원 못지않았다. 또 5급 이상 간부급 직원 중에서는 남성 비율이 더 높기는 했지만, 여자 동장님, 여자 과장님도 자주 볼 수 있었다. 게다가 6급 직원의 여성 비율이 절반에 가까웠으니, 앞으로 5급 이상 간부의 여성 비율도 자연스레 늘어날 일이었다.

육아휴직에 대한 승진 상 불이익도 별로 없어 보였다. 육아휴직 후 복직하고 얼마 지나지 않아 승진하는 사람들이 있었기 때문이다. 다만 휴직 기간이 길어진다면, 휴직 없이 계속 근무해 온 직원들과 차이가 날 수는 있었다. 승진에 반영되는 경력은 첫째 자녀에 대해서는 기본적으로 1년까지, 둘째 자녀부터는 육아휴직 기간 전부를 인정해 준다. 첫째 자녀 경우에도 부모가 모두 각각 6개월 이상 휴직했을 시에는, 육아휴직 전 기간이 경력으로 인정된다.■■■ 육아휴직 제도를 통해서 눈이 번쩍 뜨이게 되었는데, 덩달아 그 외의 다양한 휴직제도도 알게 되었다. 그중에서는 질병휴직과 가족돌봄휴직이 많이 사용되고 있었고, 그 외의 휴직도 종종 사용되고 있었다. 이런 것도 있구나 하며 신기했던 휴직제도였다.

■ ■ ■   「공무원임용령」 제31조 제2항 제1호 다목

오래전이긴 하지만, 한 대학 여자 동문의 이야기가 떠오른다. 그 친구는 대기업에 취업해서 한동안은 회사를 잘 다녔었다. 하지만 결국 다른 분야로 진로를 바꿔, 대기업에서 퇴사했다는 소식을 전했다. 퇴사 이유를 물어봤더니 비전이 보이지 않아서라고 했다. 국내 최고의 기업인데 비전이 안 보인다니, 무슨 말인가 싶었다.

"일이 많고 힘든 건 예사였지. 그런데 그건 문제가 아니었어. 간부 중에 여자를 찾아보기가 힘들었어. 그때부터 이미 한계가 보이더라."

예전에는 여자가 대기업에 취업하면, 3년 동안 결혼자금만 바짝 벌고 나오면 된다는 식의 얘기도 있었다. 임신과 출산, 육아로 경력단절이 되기 쉬웠으니 말이다. 그렇게 결혼과 동시에 회사를 퇴사하며 전업주부가 되는 동문들이 있었다. 하지만 그 친구에게는 결혼 또는 결혼자금 마련이 회사에 다니는 이유가 될 수는 없었나 보다.

그때로부터 시간이 꽤 흘렀음에도 육아휴직을 눈치 보지 않고 쓸 수 있는 회사가 있는 반면, 그렇지 못한 회사도 많은 게 현실인 듯하다. 하지만 그에 비해 공무원은 육아휴직을 마음껏 사용할 수 있다. 한동안 자녀 양육에 매진하고 나서 경력단절 없이 직장으로 복귀할 수 있고, 육아휴직 기간이 승진에 필요한 경력 기간에도 반영된다. 그만큼 공무원의 육아휴

직 제도는 이 직업에서 매우 돋보이는, 연신 감탄할 만한 점
이었다.

[공무원 휴직제도 등]

공무원 휴직제도

구분	사유	기간
직권휴직	신체 · 정신상의 장애로 장기 요양이 필요할 때 ※ 공무상 질병 또는 부상의 경우 3년 이내	1년 이내
	「병역법」에 따른 병역 복무를 마치기 위하여 징집 또는 소집된 때	복무기간
	천재지변이나 전시 · 사변, 그 밖의 사유로 생사 또는 소재가 불명확하게 된 때	3월 이내
	다른 법률의 규정에 따른 의무를 수행하기 위하여 직무를 이탈하게 된 때	복무기간
	「공무원의노동조합설립및운영등에관한법률」 제7조에 따라 노동조합 전임자로 종사하게 된 때	전임기간
청원휴직	국제기구, 외국 기관, 국내외의 대학 · 연구기관, 특정 민간기업 등에 임시로 채용될 때	채용기간 또는 3년이내
	국외 유학을 하게 된 때	3년 이내 (2년연장가)
	중앙인사관장기관의 장이 지정하는 연구기관이나 교육기관 등에서 연수하게 된 때	2년 이내
	만 8세 이하 또는 초등학교 2학년 이하의 자녀를 양육하기 위하여 필요하거나 여성공무원이 임신 또는 출산하게 된 때	3년 이내
	조부모, 부모(배우자의 부모 포함), 배우자, 자녀 또는 손자녀를 부양하거나 돌보기 위하여 필요한 경우	1년 이내 (총 3년)
	외국에서 근무 · 유학 또는 연수하게 되는 배우자를 동반하게 된 때	3년 이내 (2년연장가)
	5년 이상 재직한 공무원이 직무 관련 연구과제 수행 또는 자기개발을 위하여 학습 · 연구 등을 하게 된 때	1년 이내

출처 : 「국가공무원법」 제71조~72조, 발췌 · 정리

행정부(지자체) 2022년 시·도별 관리직 여성 공무원 현황

(단위 : 명)

구분	5급 이상 공무원			6급 이상 공무원			6급 공무원		
	전체	여성	비율(%)	전체	여성	비율(%)	전체	여성	비율(%)
계	25,908	7,109	**27.4**	111,191	46,169	**41.5**	85,283	39,060	**45.8**
서울	3,645	1,199	32.9	15,909	7,291	45.8	12,264	6,092	49.7
부산	1,638	665	40.6	6,739	3,357	49.8	5,101	2,692	52.8
대구	1,068	352	33.0	4,221	1,779	42.1	3,153	1,427	45.3
인천	1,503	482	32.1	5,551	2,437	43.9	4,048	1,955	48.3
광주	882	292	33.1	2,906	1,235	42.5	2,024	943	46.6
대전	814	246	30.2	2,837	1,210	42.7	2,023	964	47.7
울산	697	254	36.4	2,276	1,016	44.6	1,579	762	48.3
세종	368	100	27.2	802	302	37.7	434	202	46.5
경기	4,037	989	24.5	18,385	7,791	42.4	14,348	6,802	47.4
강원	1,436	341	23.7	6,284	2,321	36.9	4,848	1,980	40.8
충북	1,060	270	25.5	4,999	1,918	38.4	3,939	1,648	41.8
충남	1,396	221	15.8	6,710	2,412	35.9	5,314	2,191	41.2
전북	1,325	329	24.8	6,199	2,567	41.4	4,874	2,238	45.9
전남	1,738	369	21.2	8,002	3,052	38.1	6,264	2,683	42.8
경북	1,857	344	18.5	8,936	3,140	35.1	7,079	2,796	39.5
경남	1,804	465	25.8	8,495	3,629	42.7	6,691	3,164	47.3
제주	640	191	29.8	1,940	712	36.7	1,300	521	40.1

출처 : 행정안전부, 《지방자치단체 여성공무원 인사통계》(2022.12.31.기준) p.31. 발췌

이 맛에
공무원 한다

매일 4시간만
근무하기

공무원 생활에 만족하며 살다가도, 하루 중 절반은 다른 일을 해 보고 싶을 때가 간혹 있었다. 그때는 잠시나마 '시간선택제(시선제) 채용'으로 공무원이 되었다면 어땠을까 하고 생각해 보기도 했다. 그런데 시선제 공무원이 아닌데도 불구하고 하루 4시간씩 주 20시간만 근무하는 직원들을 보게 되었다. 알고 보니 시간선택제(시선제) 전환 근무▪ 제도를 활용 중인 직원들이었다.

▪　　「공무원임용령」 제57조의 3 (시간선택제 근무의 전환 등)

시선제 채용의 경우에는, 수험생활을 할 때 이미 알고 있었다. 당시 시선제 공무원의 근무 시간은 주 15~25시간이었다. 하지만 육아를 하는 것도 아니었고, 겸직하고 싶은 업무가 있는 것도 아니었으며, 하루 종일 진득이 돈을 버는 것이 더 중요하다고 생각했기 때문에 전혀 고려하지 않았었다. 그런데 시선제 채용으로 시험을 치렀다면, 경쟁률이 대체로 더 낮았기에 수험기간이 좀 더 줄었을 듯했다. 또 금전적인 부분만 빼면 더 좋아 보일 때도 있었다. 물론 이 유형으로 채용된 공무원들 역시 여러 애로사항이 있다고 들었다. 제도가 생긴 지 오래되지 않았기 때문에 시행착오를 거듭하며 개선되는 중이었다. 그래도 주 15~25시간 근무에서 주 15~35시간 근무로 바뀌면서 근무 시간 선택의 폭이 넓어졌고, 앞으로는 주 15~40시간으로 변경될 가능성도 있다고 한다.

겉으로만 보면 시선제 채용과 비슷한 시선제 전환 근무 제도는 일정 기간을 시선제 공무원으로 근무하는 것이었다. 하루에 8시간 근무하는 전일제 공무원이 본인의 필요에 따라서 시선제 근무를 신청할 수 있었다. 1일 최소 3시간 이상, 주당 15~35시간 근무하며, 상황에 따라 격일제도 가능했다. 본인이 원하면 다시 전일제 공무원으로 복귀할 수 있었다. 신청 사유에 제한이 없어서 육아, 가족 돌봄, 자기계발, 건강 등 여러 가지 사유로 신청할 수 있었다. 내가 있던 지자체에서는 상반기와 하반기의 특정 시기에 1년 단위의 시선제 전환 근무 신청을 받았고, 이 시기에 신청하면 전환 근무와 동시에 한시임기제 공무원 등 대체인력을 배정해 주었다. 업무의 큰 공백은 없는 셈이었다.

내가 알던 직원도 육아 사유로 2년 넘게 시선제 전환 근무를 하고 있었다. 그런데 그 직원은, 전환 근무를 하려고 했던 맨 처음에는 그 뜻을 이루지 못했다. 부서장님이 부탁이라면 부탁, 압박이라면 압박을 하여 결국 그 직원이 부서에서 주요 직책을 맡게 되었기 때문이다. 그 직원이 있던 부서의 직원 수가 많지 않았고, 그 자리를 맡을 만한 직원이 별로 없었던 것 같다. 그런 상황에서 하루 4시간만 근무하기는 현실적으로 어려웠나 보다.

이후에 그 직원은 다른 부서로 인사이동을 하게 되었고, 그곳에서부터는 전환 근무를 할 수 있었다. 그런데 부서마다 근무량의 차이가 있었다고 들었다. 예컨대 하루 4시간씩, 주 20시간 근무를 하게 되면 그만큼의 업무량을 줘야 하는데, 어떤 부서에서는 그 시간을 상회하는 업무량을 주기도 했다고 한다. 하루 4시간만 근무하고자 전환 근무를 신청했는데, 4시간을 넘겨 일하는 날이 많아지면 회의감이 들 법도 했다. 초과 근무수당이 있기는 해도, 전환 근무를 신청하게 된 원래의 계획에 차질이 생길 수 있었다. 이 점은 만약 부서 전체의 업무량이 많은 편이라면, 어쩔 수 없는 부분 같기도 했다. 전일제 직원들이 부득이 야근을 많이 할 수밖에 없는 부서라면, 시선 제 전환 근무 직원이라고 하여 초과근무를 일절 안 하기란 어려운 일인 듯했다. 그래도 그 후 다른 부서에 근무하면서부터는, 하루에 딱 4시간만 일할 수 있었다고 한다. 그러자 삶의 질이 정말 좋아졌다며 매우 만족하고 있다는 근황을 들려주었다.

그 외에 다른 직원들의 이야기도 종종 들을 수 있었다. 보통은 육아 사유로 전환 근무를 하는 직원들이 많았다. 특히 자녀를 양육해야 하는데, 친정이나 시댁의 도움을 받기 어려운 직원에게는 이 제도가 큰 도움이 되고 있었다. 어느 동에서는 학업을 사유로 하여 전환 근무를 하는 직원이 있었다. 시선제 전환 근무 신청 사유에 제한이 없다더니, 그 말이 정말 맞는 것 같았다.

5년이 넘도록 전환 근무만 해 온 직원도 있었다. 승진은 진즉 포기한 것으로 봐야 할 것 같았다. 그런데 그분도 한 직급에 오래 있다 보니 근속 승진을 하기는 했다. 다른 직원들과 비슷하게 승진하겠다는 마음만 내려놓을 수 있다면, 그렇게 근무하면서 살 수도 있구나 싶었다. 누군가에겐 좋은 방법이 될 것 같았다.

다만 이런 제도를 사용하고 싶어도 선뜻 신청하지 못하는 직원도 있었다. 내가 알던 직원 중에는 여러 취미를 가진 남자 직원이 있었다. 그 직원은 가끔 시선제 전환 근무를 신청할 것처럼 말했었다. 6개월이나 1년 정도는, 하루 절반은 일하고, 절반은 자신의 취미 생활에 몰입하며 지내고 싶다고 했다. 그런데 언제부터인가 그 얘기가 쏙 들어가 버렸다. 한번은 나도 관심이 꽤 생긴 터라 다시 넌지시 시선제 전환 얘기를 꺼내 보았다. 그런데 그 직원은 이전의 쌩쌩함과 활기가 꺾인 볼멘소리로, 남자 직원이 특히나 미혼 직원이 그런 걸 신청하면 위에서 부정적으로 평가한다는 소리를 들었다며, 착잡한 표정을 지어 보였다.

　　이미 조직 내에서 시선제 전환 근무를 하고 있는 남자 직원들이 생각보다 꽤 있는 상황이었기에, 그런 얘기를 들으니 좀 의아했다. 어쩌면 그 직원이 들었던 얘기는 근거 없는 풍문인지도 몰랐다. 직접 겪어보지도 않고서 사실인 양 편견을 퍼뜨리는 이의 말일 수도 있었다. 그런데 만일 그 직원이 우려하는 그런 경우가 실제로 있다면 부당한 일 같았다. 제도는 성별을 가리지 않고 있는데, 남자, 특히 미혼이라는 이유로 그렇다면 말이다. 그리고 지금보다는 직원들이 기혼 여부, 직급, 사유 등을 가리지 않고 좀 더 자유롭게 시선제 전환 근무를 신청할 수 있게 되었으면 좋겠다는 생각을 해 보았다.

한동안 내 마음 한구석에서 의외의 생기가 돌았던 것 같다. 1년이든 그 이상이든, 하루 8시간의 근무 시간을 절반으로 줄여서 근무할 수 있다는 걸 알게 되면서부터다. 단축 근무를 하다가도 다시 원래대로, 하루 8시간 근무하는 전일제로 복귀할 수 있으니 변화를 주는 것에 너무 큰 부담을 가질 필요는 없어 보였다. 직원이 처한 여건에 따라 근무 형태를 달리할 수 있는 직원 맞춤형 제도인 것 같았다. 나도 언젠가는 시기를 잘 봐서 시선제 전환 근무를 한번 신청해 볼까 하면서, 조금은 설레는 기분을 느낄 수 있었다.

숨통을
틔워 주는 것들

　공무원을 시작하고 하게 되었던 일들은 대부분 새로웠다. 그래도 어찌어찌 일이 숙달되면서 업무처리가 원활해지면, 내 마음에도 안정과 여유가 찾아오는 듯했다. 그런데 그렇게 한창 좋아졌을 때쯤 새로운 근무지로 발령이 나곤 했다. 다시 처음으로 리셋 되면서 맨땅에 헤딩하는 기분이 들었다. 연차가 얼마 되지 않아서 더 그렇게 느꼈던 것 같다. 그런 상황에 업무 강도까지 높으면 더 힘들어졌다. 그럴 때는 몸과 마음이 지쳐서인지 긍정적인 생각보다는 부정적인 생각과 회의적인 감정에 빠져들기도 했다.

　업무에서 오는 어려움이 아닌, 사람으로 인한 어려움도 있었다. 부서마다 내가 속했던 팀의 분위기는 대체로 괜찮은 편이었는데, 그렇지 못한 시기도 있었다. 어떤 팀의 분위기는 한마디로 아슬아슬했다. 연차가 많은 두 분 사이에서 자주 갈등과 다툼이 있었다. 그러면 두 사람 사이에서 눈치를 보던 나와 다른 직원들은 전전긍긍하게 되었다. 같은 팀 안에서 그 두 분 외의 다른 직원의 언행이 나를 더 힘들게 하기도 했다. 그 직원의 태도가 도저히 이해가 안 될 때는, 내가 모르는 사정과 이유가 있을 수 있으니 섣부른 판단을 하지 않으려고 애를 썼다. 하지만 때로는 내 안에서 갖가지 격한 감정이 소용돌이치며 올라오는 것은 어쩔 수가 없었다. 이렇게 조직 내 업무나 인간관계가 계속 어렵고 힘들기만 했다면 공무원 생활을 제대로 할 수 없었을 것이다.

업무상 겪는 다양한 어려움은 시간이 지나고 연차가 쌓이면서 조금씩 해소되는 면이 있었다. 부서 이동 직후 겪는 일의 낯섦은 처음에는 버겁게만 다가왔다. 그러나 고되게 느껴지던 일도 일단 익숙해진 뒤에는 아주 쉬운 일이 될 수 있었다. 계속 근무하다 보면 한번은 해 보았던 업무의 중복이 생기면서 수월하게 느껴지는 부분들이 생겨났다.

순환 근무를 한 바퀴 혹은 두 바퀴를 돌아서, 예전에 근무했던 부서나 비슷한 부서로 발령 나는 직원들이 있었다. 그 경우엔 예전 부서에서 담당했던 업무를 그대로 다시 맡게 되기도 했다. 또 부서에 따라서는, 그 부서에서 근무한 경험이 있는 직원을 보내달라는 식의 요청을 하기도 한다고 들었다. 요청한다고 다 되는 것은 아니겠지만, 인사부서에서 여러 가지 상황을 함께 고려해보고 어느 정도는 반영하는 듯했다. 완전히 새로운 부서로 가게 되었지만, 종전 부서에서 하던 업무와 유사한 업무를 하게 되는 경우도 꽤 있었다. 예를 들면 예산, 기획, 인사, 복무, 급여, 회계, 계약, 지출, 세외수입, 서무 등등의 업무였다. 그럴 때도 기존의 지식과 노하우가 있으니 큰 변화가 있는 것도, 적응 기간이 많이 필요한 것도 아니었다. 업무에서 추가, 수정된 부분만 좀 더 신경 써서 숙지하면 될 일이었다.

물론 부서에서 새로 생겨나는 사업과 업무가 없는 것은 아니었다. 또 이전 부서에서 전혀 해 보지 않았던 업무를 맡게 되기도 했다. 오래 근무했다고 해서 새로운 유형의 업무까지 갑자기 능수능란하게 다룰 수 있다는 법은 없었다. 누구라도 처음 해 보는 업무는 쉽지 않을 일이었다. 하지만 그 경험이 밑바탕이 되어서 다음번에 비슷한 유형의 업무를 하게 된다면, 이전보다는 수월하게 일할 수 있었다. 신규 직원일수록 모든 업무가 새롭던 것에서, 연차가 쌓일수록 많은 범주의 업무가 익숙한 상황으로 바뀌어 가는 구조였다.

다른 직원들에 비해 업무량이 너무 과다하게 느껴진다면, 업무분장을 다시 요구할 수도 있었다. 다만, 업무 재분장은 요구하는 쪽에서도 또 받아들여야 하는 쪽에서도 유쾌한 일은 아닌 듯했다. 마음이 불편해지는 그런 요청을 하는 것만으로도 큰 용기와 결단이 필요해 보였다. 그리고 그런 직원이 있긴 있었다. 인사발령 초반 업무분장을 하고 2~3개월쯤 지난 시점이었던 것 같다. 어떤 직원이 업무분장에 대한 문제를 제기하며 부서장님과 오랜 시간 면담을 한 적이 있었다. 결국은 그 직원이 담당하고 있던 굵직한 업무 중 하나를 같은 직급의 다른 직원이 맡게 되었다. 부서장님이 보실 때 그것이 가장 합리적이라고 판단하신 것 같았다. 그런데 말단 직원일수록 또 본인의 성격에 따라서, 업무 재분장 요청은 더욱 부담스럽고 어려운 일일 수 있었다. 업무량과 업무난이도의 객관적인 파악이 잘 안 되는 경우도 있었다. 그때는 지금의 시기를 잘 견디면 나에게 피가 되고 살이 된다는 심정으로, 꿋꿋이 인내하며 버티는 방법이 있었다.

그러나 당장 버티기가 힘들다면, 혹은 개인적인 사정으로 도저히 맡은 업무를 할 수가 없다면, 승진이 다소 밀릴 수 있는 하향전보를 감수하고 인사부서에 고충을 호소*할 수도 있

■   '고충상담' 및 '고충심사'에 관하여는 「공무원고충처리규정」, 「중앙고충업무처리지침」 등에 규정되어 있다. 지방직의 경우, 「지방공무원 임용령」, '제8장 고충처리' 등에 규정되어 있다.

**이 맛에
공무원 한다**

었다. 다만 정기인사이동 외의 부서이동은 좀 껄끄러운 일 같았다. 그 직원이 본인만 하향전보 되면 모르겠는데, 누군가는 갑자기 상향전보가 되면서 서로 자리가 뒤바뀌는 식으로 주로 이루어졌던 것 같다. 그렇게 고충이 반영되어서 간혹 정기인사 외에 수시인사발령이 나면서 자리가 바뀌는 직원들이 있었다. 새로운 부서로 발령받은 지 일주일이 채 안 되어서 다른 부서로 하향전보가 되는 직원들도 있었다.

한편 하향전보는 전혀 생각이 없지만, 부서이동에는 목마른 직원들을 꽤 보았다. 다음번 정기인사 때에는 다른 부서로 옮겨달라는 요청을 많이들 하는 듯했다. 고충의 형태는 다양했지만, 그에 대한 주요 해결책 내지 차선책 중 하나가 바로 부서이동이었기 때문이다. 인사부서에 고충을 호소하면 할수록 다른 부서로 전보될 가능성도 높아지지 않을까 했다. 그러나 인사 고충을 토로하는 직원의 수가 상당히 많다고 들었고, 그만큼 모든 직원의 요청이 다 반영되기는 힘들어 보였다. 또 하향전보 또는 부서이동이 되었는데도, 상황이 나아지지 않거나 오히려 나빠지게 된 경우를 건너건너 들은 적도 있었다. 그래도 인사 고충이 반영되어서 근무환경이 좋아졌다는 직원들의 얘기를 좀 더 많이 들었다. 특히 육아 사유의 인사 고충은 집에서 거리가 먼 근무지에서 집 바로 근처로 발령이 나는 등 인사에 잘 반영되는 것 같았다.

직원들과의 관계에서 오는 어려움 역시, 업무로 인한 어려운 상황이 나아지는 것과 비슷한 모습으로 풀렸다. 함께 근무하는 직원과의 관계가 힘들더라도 그 시기만 잘 견디면 언젠가는 인사이동이 되므로 자연스럽게 다른 직원들과 일할 수 있었다. 순환 근무의 장점이 발휘되는 때였다. 마음이 잘 맞는 동료들과 헤어지게 되면 그만큼 아쉬운 일도 없지만, 함께 있는 것이 불편하거나 괴로웠던 직원과 헤어지게 되면 그날이 곧 해방일이었다. 인사부서에 고충을 호소하는 방법 역시 있었다. 당장은 그 반영이 어려울 수 있으나, 정기인사 시즌에는 꽤 반영되는 듯했다.

공무원이 되기 전에 다녔던 한 회사에서 두 직원 간의 불화가 심해져서 소송까지 가게 되었다는 이야기를 전해 들은 적이 있었다. 그중 한 분은 같이 회사생활을 했기에 알던 사이였다. 지고는 못 사는 스타일이었고, 그 사람의 상사조차 그 사람을 함부로 대하지 못했었다. 그런데 얼마나 센 강적을 만났기에 소송전을 하나 싶었다.

그리고 그런 불화가 공무원 조직 안에서 일어났다면 어땠을까 상상해보았다. 만일 업무 자체의 문제가 아니라 서로의 성격 차이와 감정의 골이 깊어진 것이 갈등의 주된 원인이라면, 두 사람을 물리적으로 멀찍이 떨어뜨려 놓는 방법을 써서 상황이 더 악화되는 것을 막을 수 있지 않을까 했다. 공무원 조직은 방대한 편이었다. 소수 직렬이나 기타 여건에 따라서는 그렇지 않은 경우도 있겠지만, 비교적 다른 직종보다는 직원들을 분리할 만한 부서와 직책, 자리가 많아 보였다.

힘든 업무나 힘든 대인관계는 어떤 회사, 조직을 가도 겪을 수 있는 일이다. 또 이런저런 노력을 해도, 직장 내 어려움을 당장 혹은 완전히 해결하지 못할 수도 있다. 그런데 공무원 조직에서는 시간이 흐르면 자연히 나아지는 부분들이 있었고, 어려움 해소를 위한 여러 장치가 있었다.

굴곡진 길을 걷다 보면 평지가 나오기도 하듯이, 공무원 생활은 거친 템포와 순한 템포를 반복하며 흘러가는 것 같았다. 또 어떤 일은 처음에는 날 집어삼킬 듯한 파도 같았는데, 기다리고 버티다 보니 혹은 이리저리하다 보니 어느새 서핑보드로 서핑을 탈 수 있는 파도가 되는 것 같았다. 언제 좀 나아질까 하염없이 몰아치다가도 매끄럽고 순탄한 시기가 왔다.

거대한 조직의
든든함

공무원 체육대회가 종합운동장에서 열리게 되었다. 큰 행사니만큼 다양한 퍼포먼스가 진행되었다. 말단 직원들로 이루어진 듯한 퍼포먼스도 있었는데, 아이돌 춤을 추는 것 같았다. 열심히 준비한 것 같았으나, 계속 보고 있자니 뭔가 어정쩡한 기분이 들었다. '아! 나는 아니어서 얼마나 다행인가!' 하는 생각이 스쳐 지나갔다. 이런저런 게임과 시합도 있었다. 특히 줄다리기와 계주 경기에서는 직원들의 함성이 최고조였다. 인원이 많은 만큼 열기가 뜨거웠다. 직원들 인원수는 대략 알고 있었고, 직원들이 많다는 것을 체감한 적도 있었다. 그런데 그 큰 운동장 안에서 일사불란하게 움직이는 수많은 인원을 직접 두 눈으로 보게 되니, 새삼 공무원 조직은 참 거대하다는 생각이 들었다.

조직의 가치가 공공 사회에서의 수요에 따라서만 결정되지는 않을 것이다. 그런데 그런 기준으로 공무원 조직을 바라본다면, 많은 수요에 의해서 그 규모와 중요성이 큰 편이었다. 조직의 일원으로 일하는 공무원 역시, 필요한 정도만큼 그 정원이 정해질 일이었다. 수요가 없는데 계속 공급될 수는 없으니 말이다. 이러한 수요에 의한 공무원의 인원도 많았으니, 공무원이라는 직업도 늘 필요성과 중요도가 있는 직업으로 볼 수 있었다.

또 공무원은 특별한 범법행위를 한 경우 외에는 철저한 신분보장이 이루어졌고, 지자체가 존속하는 한 그 구성원의 지위는 정년까지 굳건했다. 일선 현장의 필요한 곳에서마다 주민들과 자주 만나는 데다가, 지자체에 적을 두고 있다는 것만으로도 사람들은 공무원에 대해 최소한 뭔가 믿을 수 있는 사람이라고 생각하는 것 같았다. 이러한 점들 때문인지 사회 어디를 가도 공무원이라고 하면 사람들의 시선이나 대우가 대체로 좋은 편이었다. 그러면 이 직업에 대한 만족감이 커지면서 좀 더 일할 맛이 나기도 했다.

조직의 영역이 넓은 만큼, 직원들은 지역 구석구석에 결속

되어 갔다. 지자체에서 일어나는 많은 일이 자연스럽게 직원들의 관심사가 되었다. 어떤 직원에게는 당장 해야 하는 일이 되기도 했고, 누구에게는 언젠가 해야 할 일이 될 수도 있었다. 그게 때로는 부담이었지만, 무엇에나 공을 들이다 보면 소중해지는 법이다. 점차 마음 한편에서 지역사회와 주민들에 대한 애정이 자라나는 것을 느낄 수 있었다. 지자체 공무원이기에 이런 종류의 애착심도 피어나는구나 싶었다. 단지 돈을 벌기 위해서가 아니라 그런 점이, 내가 더 사명감을 가지고 힘을 내서 일할 수 있게 하는 원동력이 될 때도 있었다.

직원들은 다른 지자체 직원들과의 인사교류가 가능했다. 매년 많은 공무원이 인사교류를 통해 소속 지자체를 바꾸고 있었다. 서울 공무원이었다가 부산 공무원이 되는 식으로 말이다. 여러 조건 아래, 국가직 공무원들과 인사교류도 할 수 있었다. 이 경우에는 지방직에서 국가직으로, 국가직에서 지방직으로 전환되는 것이었다.

인사교류를 하려면 일단 임용 후 전출 제한 기간이 지나야 하는데, 그 기간은 지자체마다 달랐다. 인사교류 시에는 보통 직렬과 직급이 같아야 했고, 그 외에 여러 가지 사항이 고려 대상이었다. 일반행정직의 경우, 지자체마다 그 인원이 가장 많은 만큼 교류가 제일 활발했다. 알맞은 교류자를 찾으면 쌍

방교류 또는 다자교류를 통해 전출입이 이루어지곤 했다. 여건이 되면 일방전출·전입하는 직원들도 있었다. 다만, 인사교류를 추진한다고 하여 성사된다는 법은 없었다. 원하는 시기에 맞추기도 쉽지는 않은 것 같았다. 잘 추진되다가도 여러 가지 문제로 중단되거나 무기한 보류되는 경우도 있었다.

설령 인사교류가 원하는 시기에 성공한다는 보장은 없더라도, 이런 제도가 있다는 것 자체만으로도, 여러 직원에게는 한 줄기 빛이 될 수 있었다. 한 지역에서 평생 살고자 다짐했어도, 살다 보면 예상치 못한 일들을 만날 수 있었다. 결혼 후 배우자의 직장 이전, 멀리 있는 가족과 부득이 합가해야 하는 상황 등에 놓이게 되는 직원들이 있었다. 공무원 시험에 합격한 지역에 근무하고는 있지만, 연고지가 아니거나 원래 살고자 했던 지역이 아닐 수도 있었다. 공무원 인사교류 제도가 없었다면 계속 불편한 상황 속에서 직장생활을 할 수밖에 없었을 것이다. 그런데 이런 제도를 통해서 많은 공무원이 가족들과 함께 살 수 있게 되었고, 원하는 지역으로 이동할 수 있었다. 이렇게 전국단위의 인사교류가 가능한 곳은 공무원 조직 외에는 좀 드물지 않을까 싶었다.

같은 지자체 직원들만 해도 그 수가 많은 편인데, 다른 지자체 직원들까지 합하면 지역 공무원은 더욱 대규모 집단이 되었다. 그 인원이 대략 30만 명 정도였다. '우리는 언제나 같은 편!'이라고 전국 지자체 공무원들이 한데 모여서 외친 것은 아니었지만, 은연중에 무언의 동질감이 있는 듯했다. 지역 공무원들이 이렇게나 많으니, 지자체 노조나 전국공무원노조에서 무시할 수 없는 힘을 발휘하는 것 같았다. 노조에서 결집하여 목소리를 내면 낼수록 공무원의 처우가 점차 좋아지는 것을 느꼈다.

여느 직장인들이 그러하듯, 나도 이 조직을 중심으로 살아가게 되었다. 직업적 특성에서 오는 견고한 소속감은 지자체라는 유기체의 일부가 된 듯한 느낌을 주기도 했다. 때로는 망할 리가 없는 이 조직, 뿌리가 깊고 가지는 사방으로 뻗친 이 거대한 세계에 기대어, 묻어가는 기분이 들었다.

- 어쩔 땐
- 극한 직업!

오늘부터 책임자는
바로 너

    지자체 공무원은 계속 한 부서에만 머무를 수 없었다. 지역 내에서 순환 근무를 해야 했다. 새로운 근무지로 인사발령이 나는 주기는 대체로 2년 전후였다. 짧게는 6개월 만에 이동하는 직원들도 있었다. 그런데 말단 직원일수록 큰 중압감이 느껴지는 일이 있었다. 바로 인사발령이 나자마자, 내가 한 자리의 실무자요 책임자가 된다는 사실이었다.

    "나는 예전에 전임자가 너무 무서웠어. 눈물 난 적도 있었다니까. 그때는 생각하기도 싫어."

    어느 직원이 예전에 사수 격 직원과 함께 근무하면서 너무 스파르타식 가르침을 받았었는지, 그 시절의 기억에 대해서

몸서리치며 얘기했다. 어디 가서 기죽을 성격이 아닌 직원이 었는데 그렇게 힘들었다고 하니, 사수가 한 성격 했나보다 싶었다. 그런데 그 사수의 입장도 어느 정도는 이해가 갔다. 그분 딴에는 새로 온 후임자를 위해 부단히 노력했던 건지도 몰랐다. 후임자가 신규 직원이라면 더욱 말이다.

말단 직원이 발령을 받자마자 새로운 일들을 한꺼번에 해야 하는 상황이라면 자칫 실수할 수도 있었다. 부서에 따라서는 업무를 찬찬히 살펴보고 숙지할 수 있는 여유가 있는 곳도 있었지만, 그렇지 못한 부서가 더 많았던 것 같다. 직급이 꽤 있는 직원이어도 단기간에 모든 업무를 빠짐없이 숙지하고 실수 없이 처리하기란 쉽지가 않은데, 말단 직원은 두말할 것도 없었다.

인사이동 직후 나는 신세계를 자주 맛보곤 했다. 전혀 해본 적 없는 일들을 바로 시작해야 했다. 발령 당일부터 기존에 그 업무를 맡아서 해왔던 직원과 거의 다를 바 없는 수준을 요구받는 상황이었다. 인수인계는 다소 부족했고 그러다 보니 한동안은 계속 전임자를 찾게 되었다. 전화로 이것저것 물어보거나 찾아가서 물어보기도 했다. 물어볼 전임자가 있는 것만으로도 다행이었다. 어떤 업무는 인수인계해 줄 전임자가 없는 경우도 있었다. 그때는 전전임자나 그 당시 팀장님,

팀원을 찾아서 물어보기도 하고, 그동안의 공문과 보관된 서류들을 더 잘 살펴볼 수밖에 없었다.

발령 나자마자 방문 민원인이 복잡한 업무처리를 요구해서 난감해지기도 했다. 책과 문서를 일일이 뒤져가면서 시간을 지체하다 보면, 민원인의 인내심의 한계를 넘어설 수도 있었다. 상황이 급할 때는 다른 부서, 심지어 다른 지자체에 전화를 걸어 관련 사항을 물어보기도 했다. 업무가 한둘이 아닌데, 이와 연계된 각종 법령, 지침, 실무사례 등을 다 습득하려면 며칠만 야근한다고 되는 일이 아니었다. 한두 주말에만 바짝 배운다고 마스터 될 일도 아니었다.

행정복지센터에 발령받은 때였다. 행정민원대에 배치되었고, 나와 옆 직원 이렇게 2명이 있었다. 나는 모든 업무가 처음이었고, 옆 직원은 잘 아는 업무도 있었으나, 전혀 모르는 업무도 있었다. 나의 전임자는 다른 부서로 발령이 난 상태였고, 다른 직원들은 민원대 업무를 잘 몰랐다. 그런 상황에서 민원인들은 계속 밀려드니, 총체적 난국으로 느껴졌다. 민원대 업무는 대부분 전산상으로 직접 이것저것 기입하고 조작해 봐야 비로소 알게 되는 것들이었다. 전산시스템에 기본적인 매뉴얼이 업로드되어 있기는 했다. 그러나 전산시스템으로 예습할 수는 없었다. 어떤 업무는 내 정보를 깔짝깔짝 넣어보기도 했지만, 실제로 버튼을 누르면서 다음 단계로 진행하면, 큰일 날 일이었다. 업무 편람, 실무지침 등 책만으로는 민원대 업무가 결코 익숙해지거나 늘지 않았다. 계속 실전에 부딪히며 해 봐야 하는 일이었다. 즉 업무가 숙달되려면 민원 응대를 하면서, 해당 시스템을 많이 다루어봐야 했다.

연습 없는 실전의 날들이 이어지고 있었다. 꽤 오랜 기간 온종일 식은땀이 났다. 잔뜩 긴장한 채로 정신없는 하루를 보내다 보면, 눈 깜짝할 사이 퇴근 시간이 되어있었다. 그러던 것이 한 달이 지나니 조금 나아졌고, 석 달쯤 지나니 꽤 숙달되는 듯했다. 그런데 업무 전체를 속속들이 잘 알게 되기까지는 1년 정도 걸렸던 것 같다. 연말이나 연초에 하는 업무 등 주로 특정 시기에만 하는 업무는, 그 시기에 이것저것 직접 해 보지 않는 이상은 제대로 모를 일이었다. 생소하면서 까다로운 민원도 드문드문 있었다. 1년 정도 있다 보니 이런 업무들도, 전산시스템에서 직접 다 한차례 해 볼 수 있었다. 다른 부서에서도 보통 새로운 업무에 얼추 적응하기까지는, 한 달에서 석 달 정도 걸렸던 것 같다. 업무분장을 다시 하여 업무가 바뀌거나 추가되는 경우, 새로운 사업이 생기거나 업무 관계 법령·지침 등이 바뀐 경우에도 그로 인한 적응 기간이 또 필요했다.

어떤 부서에서는 나도 내 업무가 대부분 새롭고, 발령받아

온 팀장님도 팀 전체 업무가 거의 새로웠던 적이 있었다. 그 팀이 유독 일이 많은 것은 덤이었다. 팀장님이 업무를 잘 알고 계셨거나, 몰랐어도 시간이 지나며 조금이나마 파악이 된 상태였다면, 팀장님의 마음에 여유가 있었을 테니, 상황이 좀 더 나았을지도 모르겠다. 그러나 그렇지 못한 상황이었다. '이건 아니다' 싶은 지적과 지시가 이어질 때면 가슴 속이 콱 막힌 듯 답답해졌다. 또 매일 최선을 다하고 있음에도 불구하고, 나를 향한 팀장님의 불만의 목소리를 자주 들어야 했다. 그래도 팀장님이 정도를 벗어나는 분은 아니라고 생각했고, 팀의 모든 직원이 저마다 늘 노력했기에 그 황량한 시기를 무사히 지날 수 있었던 듯싶다.

나는 업무가 생소하더라도 팀장님이 어느 정도 경험이 있으시면, 일이 수월하게 진행되기도 했다. 인사발령 직후 새로운 업무를 맡았는데, 업무 절차를 대강 파악한 뒤에도 앞으로 해야 할 일들이 선명하게 그려지지는 않았다. 그런데 당시 팀장님이 이전에 그 업무를 몇 번 해 보신 적이 있었다. 팀장님은 간단한 일이라고 하면서 그 일을 직접 챙기셨고, 적절한 시기마다 이런저런 지시를 내려주셨다. 나는 주로 그 지시사항을 잘 따르기만 하면 되는 일이었다. 팀장님이 아니셨다면 나는 그 업무처리를 위해, 훨씬 더 많은 시간과 노력을 할애해야 했을 것이다.

보통 말단 직원에게는 너무 어려운 업무를 주지는 않는 편이다. 직원이 업무처리를 잘못하여 문제가 생기면, 상황에 따라서는 결재를 한 직속 상사들 역시 책임을 져야 하기 때문이다. 중차대한 업무일수록 각 부서의 팀장님, 부서장님, 실·국장님 등 여러 상급자가 신경을 썼다. 인사발령 전에 인사부서와 특정 업무의 적임자에 대해 미리 논의를 거치기도 하는 듯했다.

　　말단임에도 불구하고 어렵고 중요한 업무를 맡았다면, 여러 가지 경우를 추측해 볼 수 있었다. 우선은 윗선에서 근평이나 기타 이유를 근거로 하여, 능력과 끈기가 있다고 판단하고, 한번 맡겨보는 경우가 아닐까 했다. 그것이 아니라면, 말단 직원을 포함하여 새로 발령 온 직원들에게 그 부서의 기피 업무임과 동시에 하필 어려운 업무가 분장 된 경우일 수 있었다. 기존에 있던 직원들은 업무 성격을 잘 알지만, 다른 부서에서 이제 막 오는 직원들은 잘 모를 수도 있었다. 팀장님이나 부서장님까지 새로 부임하면서 업무 파악을 해야 하는 경우에는, 많은 이들이 이런 상황을 인지하지 못하고 지나가기도 했다. 결국엔 시간이 흐르고 가타부타하게 되면서 다시 업무분장을 하는 일도 있었다.

　　7급 직원들은 예전에 해 본 업무 내지 그와 비슷한 성격의 업무를 맡게 되면, 인사발령 직후의 시간을 비교적 수월하게 지나 보내는 듯했다. 그런데 부서와 업무가 다양한 만큼, 전혀 해 보지 않은 업무를 하게 되기도 했다. 이런저런 경험치와 노하우가 있어서 9급이나 8급 직원들보다는 잘 헤쳐 나가는 것 같았다. 그러나 아무리 직급이 높아져도, 발령받자마자 새로운 업무를 단시간에 익히는 일은 녹록지 않아 보였다.

순환 근무는 공무원의 부정부패를 막는 수단이라고 들었다. 지자체에서 소속 공무원을 제너럴리스트로 양성하기 위해 쓰는 방법이라고도 했다. 또 되도록 많은 직원에게 여러 가지 업무를 해볼 기회를 준다는 점에서, 꽤 평등한 인사방식이 될 수 있었다. 그런데 인사발령 직후 직원들이 처하게 되었던 현실은, 갑자기 부서와 업무가 싹 다 바뀌었는데 '오늘부터 모든 일이 네 책임'이라는 것이었다. 세심하고 충분한 교육을 받는 것도 없이 이러하니, 새로운 업무를 맡게 될 때마다 부담이었다. 주변에서도 이런 상황에서 불안감을 느끼는 직원들이 있었다.

업무 중에는 잘못 처리하면 민원인에게 금전적으로 큰 손해를 끼칠 수도 있는 일이 있었다. 어떤 업무는 여러 단체, 업체와 큰 단위의 액수로 계약할 일이 많았고, 그 과정에서 실수가 생기면 일이 매우 복잡해졌다. 부서이동 후 곧바로 그런 일을 하게 되어 한동안 노심초사했다는 직원이 있었고, 밤

잠을 설쳤다는 직원도 있었다. 각종 공사는 그 규모가 아무리 작더라도 시민들의 안전과 관련된 부분이 있다면, 관리·감독 등이 미흡했을 때 자칫 여러 문제가 생길 수 있었다. 경험이 전무한 상태에서 갑자기 이런 업무를 맡게 되기도 했다.

공무원이 실제로 크든 작든 실수를 하면, 그 직원 본인에게만 문제가 생기는 것으로 끝나지 않고 그 업무와 관련된 민원인이나 단체, 때로는 일반 시민에게까지 피해가 갈 수 있다. 단지 직원 개인의 역량에만 모든 것을 맡기기에는 부족한 면이 있지 않나 싶었다. 지자체와 행안부 차원에서도 개선을 위한 다양한 시도를 꾸준히 해서, 이런 상황이 좀 나아졌으면 했다.

한번은 사수가 된 적이 있었다. 그 전에 내가 발령받은 때는 부서 내에 사수가 없었고 다소 부족한 인수인계를 받았다. 그러나 이제는 신규 직원과 같은 부서에 있는 상황이라 인수인계할 여건이 좋았다. 그리고 실무에 바로 투입되면서 겪는 애로사항을 잘 알게 된 만큼 찬찬히 잘 알려주고 싶었다. 그 직원에게 업무의 중요 자료들을 건네주고 주의할 점들을 상기시켰고, 부족한 부분이 보일 때마다 크고 작은 실수로 이어지지 않도록 조언하고 당부하곤 했다. 뭔가 이득을 바라고 한 일은 아니었다. 한편으로는 그저 내가 해야 할 일이라고 생각

65

어쩔 땐
극한 직업!

했다. 그런데 나중에 내가 좋은 선임자들을 만나게 되면서 좋게 되돌려받았던 것 같다.

　왕방울 같은 큰 눈으로 자료를 열심히 들여다보던 그 직원을 보면서, 풋풋한 신규 직원들이 어느 부서에서든 처음부터 너무 매운맛을 보지는 않았으면 하는 마음이 들었다.

여기서 나는
끝이구나

　사촌의 결혼식이 다가오고 있었다. 같은 지역은 아니지만 그렇게 멀지 않은 지역에서 결혼식이 열릴 예정이었다. 처음 소식을 들은 때부터 꼭 참석하려고 했었다. 코로나로 인한 각종 규제가 심해지면서 하객이 너무 적을까 봐 걱정된다는 얘기를 전해 들으니, 더욱 가야겠다는 생각이 들었다.

　그런데 직장 일이 많아지면서 결혼식 전날인 토요일, 회사에 오후 1시쯤 출근했다가 밤 10시가 넘어 퇴근했다. 집에 도착했을 때는 이미 식은땀이 나고 열감이 있었다. 그런 몸 상태로 결혼식에 참석하기에는 코로나 시국에 큰 부담으로 다가왔다. 게다가 다가오는 한 주의 회사 생활은 훨씬 더 치열

할 예정이었다. 그러다 보니 일요일에도 출근해야 하는 거 아닌가 하는 압박감도 있었다. 결혼식에 가야 할지 말아야 할지를 고민하다가 토요일에서 일요일이 되었고, 결국 나는 사촌에게 안타까운 메시지를 전하게 되었다. 결혼식 참석을 못 할 것 같아서 정말 미안하다고 말이다. 그때의 속상한 마음은 이루 말할 수 없었다.

회사는 인사발령 시즌이었고, 나의 업무가 전부 바뀐 상황이었다. 몇 개 사업과 부서의 서무를 맡게 되었는데 발등에 불이 떨어진 느낌이었다. 또 부서 내 몇 개 팀이 통폐합되고 공간이 바뀌면서 모든 책상, 의자, 캐비닛 등을 전부 위치이동해야 했다. 흐트러진 분위기 속에 당장 급하게 처리해야 하는 일들이 마른 짚의 불씨처럼 이글거렸다. 계속 이 불을 그때그때 진화해 나가지 않으면 활활 타오르며 사방에 재를 흩뿌릴 것 같았다.

왠지 사촌 결혼식에 못 갈 것 같은 불길한 예감이 들어서, 이런 사정을 어떤 직원에게 넋두리했었다. 그 직원은 자신도 예전에 직장 일로 바빠서 사촌 결혼식에 못 간 적이 있다고 했다. 덧붙여 형제 결혼식도 아니고 사촌 결혼식은 빠질 수도 있지 않냐고 하는 것이다. 그 직원의 얘기를 들으니, 나만 이런 상황에 놓이는 것은 아니구나 싶었다. 하지만 결혼식은 인생에서 손꼽히는 중대사였고, 평소에 자주 볼 수 없었던 가깝고 먼 친척들을 한꺼번에 볼 수 있는 좋은 기회이기도 했다. 이번이 아니면 언제 또 보나 싶었다.

불참해서 속상한 것 외에도 마음에 걸리는 것이 있었으니, 사촌이나 다른 친척들이 나를 이해할 수 없을 것 같았다. 공무원이 제아무리 바쁘다고 한들, 사촌 결혼식에 잠깐 못 들를 정도냐는 생각을 할 것 같았다. 예전에는 훨씬 멀리 사는 지역의 사촌과 지인의 결혼식에도 갔었고, 공무원 동기들 결혼식에도 참석하곤 했던 나였다. 그런데 정작 가까운 지역에 사는 사촌 결혼식에는 못 가다니, 이런 상황에 대한 안타까움을 넘어서 내 체력이나 정신력이 이것밖에 안 되나 하는 자책감이 들기도 했다.

그즈음에 나는 3주 정도를 택시를 타고 출퇴근하고 있었다. 퇴근쯤에는 진이 다 빠져서 도저히 운전할 수가 없었다. 대중교통보다는 택시가 집에 더 빨리 도착했다. 그만큼 지갑도 빠르게 비워졌다. 하지만 조금이라도 더 일찍 집에 가서 잠을 자고 싶었고, 조금이라도 내 에너지를 아껴서 출근하고 싶었다. 회사에서의 하루를 잘 버티기 위해서였다. 행정복지센터와 구청에서 근무할 때는 시청에서만큼은 업무가 쌓이진 않았다. 시청에서는 숨도 안 쉬고 일하는 것 같은데, 늘 업무가 수북해 있었다. 일이 많은 것에서 그치지 않고, 하나하나가 다

중요하고 어렵게 느껴졌다.

예전에 어떤 팀장님이 시청에서 일했던 얘기를 잠깐 한 적이 있었다. 오전 일찍 출근하여 업무에 집중하다 보면 어느새 저녁이 되어있었고, 저녁밥을 먹고 책상에 앉아서 업무를 조금만 더 처리한다는 것이, 고개를 들어 시계를 보면 밤 10시, 11시였다는 것이다. 시청에서 근무해 본 적이 없었던 터라 팀장님이 너무 오래된 얘기를 하는 것 같았고, 그게 아니면 과장된 게 아닐까 했다. 그러나 팀장님의 말씀은 가감 없는 사실이었고, 조직의 생리를 알면 알수록 공직 안에서 연배 있으신 분들이 다르게 보였다.

서무를 하면 잡다한 일이 많았다. 제일 많이 했던 일은 공문을 직원 개개인에게 지정하는 일이었다. 직원들로부터 받은 자료들을 전체 취합하는 일도 잦았다. 공문을 다 배부하고 나면 잠시 안 본 사이에 공문이 또 가득 쌓여 있었다. 공문 내용이 애매한 경우에는 직원들이 서로 자신의 업무가 아닌 것 같다고 하니, 담당자 지정에 애를 먹은 적도 꽤 있었다. 그렇게 담당자가 불명확한 공문 및 자질구레한 공문을 모두 맡아 처리하는 것은 결국 서무의 몫이었다. 직원들의 시간외근무수당, 출장비, 사회복무요원 월급 등 각종 급여에 관한 업무도 있었다. 국장님이 바뀌시며 온갖 자료 제출 요청이 여러 날

이어지는 중에도, 새로 발령 온 직원들의 조직도 정비, 부서 비품 구매 등 자잘한 일들을 안 할 수는 없었다.

그런 와중에 새로 맡은 사업들의 전년도 결과 제출 보고 기한 역시 촉박했다. 상급기관에 국고보조금, 지방보조금 등 각종 보조금 정산자료도 제출해야 했는데, 모두 시일이 얼마 남지 않은 상태였다. 해 본 적 없는 사업들이었다. 역시 처음 접하는 관련 법령과 지침을 보고 있자면 아득하고 막막한 기분이 들었다. 무척 초조해서 뭐라도 빨리해야 하는데, 뭘 해도 시간이 걸렸다. 미로에 갇혀서 헤매는 기분이었다. 보조금과 관련하여 예산부서에 자주 물어보곤 했는데, 그쪽 담당자가 모든 경우의 수를 다 알 수는 없었다. 애매모호한 사항을 어떻게 처리할지는 법령, 법규, 실무사례 등을 세세하게 살펴본 뒤 나 스스로 결정해야 했다.

그리고 그 사업들은 빠른 시일 내에, 그해의 연중운영계획서를 만들어서 보고하고 확정해야 했다. 운영계획서는 내가 맡은 사업에 배정된 예산을, 언제 어디에서 어떻게 왜 사용하겠는지를 자세히 설명하는 계획서였다. 내용은 사업에 따라 다 달랐다. 대체로 행사·교육·강의, 시설물 관리·보수·공사, 근로자 채용심사·급여, 물품제작·홍보 등을 다루었다. 단시간에 이런 계획서를 짜다 보면 머리에서 쥐가 나고 눈알이 튀어나올 것 같았다.

그런 상황에서 코로나와 관련해 주말에 차출되기도 했다. 또 명절에 밤새 당직을 서고도 대체휴무를 쓸 수 없었다. 도대체 전임자는 이 업무를 어떻게 다 해왔으며, 그동안 어떻게 견뎌왔는지 경이로울 뿐이었다. 그 전임자가 많이 도와주어서 그나마 다행이었다. 팀장님도 내가 간과할 수 있는 사항을 짚어주시곤 했다. 그러나 쉴 틈이 없는 날들 속에서 나는 점점 지쳐가고 있었다.

주말 내내 사무실에서 일하던 때였다. 여러 전산시스템의 세부 항목마다, 온갖 수치와 값을 입력하고 있었다. 또 다양한 종류의 엑셀 시트별로 각종 계산식에 맞추어, 열심히 숫자를 기입하고 있었다. 그런데 전산 자료들이 아귀가 맞지 않는 순간들이 있었다. 딱딱 들어맞지 않는 원인을 찾다 보면 시간이 한참 걸리기도 했다. 어서 다음 단계로 넘어가야 하는데 그러지 못할 때마다 애가 탔다. 한 단체의 경우에는 보조금을 지급하기 전에 검토해야 하는 사항이 남아 있었다. 책상 한편에 그 단체가 건네준 서류가 뭉텅이로 놓여 있었다. 내가 검토해야 할 지출 내역과 증빙자료였다.

창밖은 어느새 어두워져 있었다. 문득, 내가 과연 이 업무들을 기한 안에 다 해낼 수 있을까 하는 의구심이 들기 시작했다. 어찌나 자신이 없던지, 일말의 의욕이 사라지면서 맥이 탁

풀리게 되었다. 덥지도 않은 계절에 사무실에서 땀을 흘리면서 고군분투하던 나는, 한쪽에 힘없이 널브러지게 되었다.

'아~ 여기서 내 공무원 생활도 끝이구나!'

그렇게 한참을 엎어져 있는데, 불현듯 예전 일이 떠올랐다. 황당하고 억울하기 그지없는 일을 겪은 적이 있었다. 같은 부서의 몇 직원들도 그 사실을 알게 되었는데, 그분들이 공직 생활을 꽤 오래 하셨음에도 불구하고 이런 건 처음 들어본다며 기함했던 일이었다. 뾰족한 대책이 없어 답답했지만 묵묵히 인내하며 노력한 끝에 해결의 실마리를 찾게 되었고, 문제가 조금씩 풀리게 되었다.

'그래~ 그런 때도 있었지. 앞으로 어찌 될지는 모르겠지만, 할 수 있는 데까지는 끝까지 해보자.'

그렇게 도저히 안 될 것 같았던 일들을 어찌어찌 처리해 나갔다. 그 후 또 한차례 위기가 왔으나, 또 어찌어찌 견뎌 나갔다. 휘몰아치는 날들이 천천히 지나고 있었다. 다행히 우려하는 일들은 일어나지 않았다. 상황이 나아지면서 초과근무를 하는 시간도 이전보다는 줄게 되었다.

그러나 여전히 일은 많았고 야근은 일상이었다. 코로나 재난 업무와 관련해서 현장대응반이나 상황실에 차출되는 등 특정 몇 업무의 경우에는, 지급 상한선 없이 일한 시간만큼 수당을 전부 받을 수가 있었다. 그러나 그 외에는 지급 상한선이 있었다. 계속 그 상한선을 넘겨서 일하다 보니, 일한 만큼 수당을 다 못 받는 달이 이어졌다. 의도치 않은 무료 봉사였다. 시간이 꽤 지났는데도 사무실의 내 자리는 낯설게 느껴지곤 했다. 좀처럼 적응되지 않는 그 자리에 나를 계속 길들이면서 하루하루를 헤쳐 나갔다.

국민신문고에 실린
소설

"국민신문고에 민원이 올라와 있네요. 담당자로 지정해 드릴 테니 확인해 보세요."

한 직원의 말에 이게 무슨 소리인가 싶었다. 처음 겪는 일이었다. 업무처리를 하면서 크게 잘못하거나 실수했을 법한 일이 별달리 떠오르지 않았다. 의아해하면서 국민신문고를 들어가 보니, A4용지 한 장은 족히 넘어 보이는 장문의 글이 빽빽하게 쓰여 있었다. 놀란 마음으로 읽어 내려가는데, 읽으면 읽을수록 한 단어밖에 생각나지 않았다. '소설'이라는 단어였다.

어찌나 심한 착각과 상상으로 글을 써 놓았던지, 처음에는 그저 황당하기만 했는데 글이 끝날 무렵에는 억한 감정이 들었다. 내가 도움을 주려고 했던 말까지도 이렇게 악의적으로 해석할 수 있구나 싶었다.

"아이고, 어떻게 된 일이에요? 괜찮겠어?"

그 글을 읽고 팀장님께서 나를 불러서 수심이 가득한 얼굴로 물어보셨다. 워낙 좋으신 분으로 소문이 자자하고 직원들에게도 매우 잘 대해주신 팀장님이었는데, 그렇게 걱정스러워하는 표정은 처음 보는 것 같았다. 나는 민원인에게 적법하게 안내를 했고, 업무 자체의 처리 과정에서는 별다른 문제가 없었으며 또 이미 처리가 잘 끝난 일이라고 말씀드렸다. 아무래도 민원인이 나의 언행에 대해 오해를 많이 한 것 같으니, 오해가 풀릴 수 있도록 잘 해명하겠다고 했다. 팀장님의 격려를 받으며 자리로 돌아가는데, 동장님도 알게 되실 걸 생각하니 얼굴이 화끈거렸다.

문제가 된 그 일을 떠올려보면, 어느 날 퇴근 시간 무렵에 있었던 일이다. 민원인들이 왔는데, 연배가 높은 여성과 그분의 딸이었던 것으로 기억한다. 그 사람들이 요청하던 업무 중에는 당장 처리할 수 없는 일이 있었다. 임대차계약서를 토대로 정보를 전산에 입력하는 등의 업무였는데, 계약서의 필수사항 몇 군데가 깨끗하게 공란으로 되어있었다. 계약서의 필수사항이자 중요사항이 누락 된 경우는 완성된 임대차계약서라고 볼 수 없었다. 또 임대인과 임차인이 함께 작성하거나 수정하지 않고, 자신이 가지고 있는 계약서의 중요사항을 임의로 기재하거나 수정하는 행위도 적법하게 계약서를 작성했다고 볼 수 없었다.

그 당시 딸로 보이는 분이 계약서의 공란을 여기서 당장 바로 채우면 되는 거 아니냐며, 대수롭지 않게 물어봤었다. 또 업무 마감 시간 안에 도착하느라, 자신이 다른 구에서 여기까지 멀리서 급하게 왔다는 걸 강조하면서, 다짜고짜 빨리 업무를 처리해달라고 요구했다. 내가 몰랐다면 모를까, 계약서에 상당한 공란이 있음을 이미 알게 된 후였다. 더군다나 내가 버젓이 보고 있는 앞에서 계약서를 임의로 작성했을 때, 그런 계약서를 제출해도 무방하다고 말할 수는 없었다. 나는 민원인들에게 심정적으로 자주 공감하며 가능하면 되는 방향으로 민원처리를 하려고 노력해왔다. 특히 어르신들의 경우에는 더욱 그랬다. 그러나 이 경우에는 그러기가 곤란했다.

작고 사소한 행정업무임에도 원칙대로 하지 않으면 나중에 크고 작은 문제가 생길 수도 있다. 세상은 넓고, 이상한 사람들은 있기 마련이다. 민원 업무와 관련해서 나중에 어떤 일이 어떻게 생길지는 모를 일이었다. 제일 우려스러웠던 점은 아주 혹시라도 선의의 피해자가 생기지는 않을까 하는 것이었다. 그리고 만일 그런 일이 생긴다면, 민원인은 이렇게 말할 수도 있다. '그때 그 공무원이 괜찮다고 했다.'라고 말이다. 진짜 이상한 사람의 경우에는 더 왜곡해서, '그때 그 공무원이 그렇게 하라고 했다.'라고 말할 가능성도 배제할 수는 없다.

그리고 그 민원인의 경우에는 편의를 봐줄 만한 부분도 없었지만, 특정 민원인을 배려한다고 편의를 봐주었다가, 오히려 다른 직원들이 법과 원칙에 따라 업무처리를 하는 것이 어려워지는 일도 간혹 생겼다. 저 동에서는 해 주던데 왜 이 동에서는 안 해 주냐고 말이다. 그러면 '대체 그 동이 어디냐? 어떤 공무원이냐?'라는 말이 나올 법했다. 그분들은 언짢아하며 목소리를 높였지만 나로서는 계약서의 작성에 대해 법과 원칙대로 설명할 수밖에 없었고, 임대인과 임차인의 계약서가 동일해야 한다는 것도 참고로 말씀드렸다.

그런데 국민신문고의 글에서는 내가 그분들을 여러모로 힘들게 했다는 내용이 장황하게 묘사되어 있었다. 요약하면 나는, 그분들이 말하고 있는 요점을 잘 못 알아듣는 말귀가 어두운 직원이었다. 또 민원인들의 사정을 아랑곳하지 않고, 쓸데없이 깐깐한 데다가, 융통성 있게 일 처리를 못 하는 직원이었다. 나의 선의가 완전히 왜곡된 부분도 있었다. 멀리서부터 왔다고 계속 짜증을 내니, 민원인의 편의를 생각해서 한 가지 사항을 안내해드렸었다. 적법하게 작성하여 완성된 계약서는 가까운 법원이나 등기소에 가서 제출하여도 이 업무처리가 가능하니, 굳이 임대차 주택의 관할 행정복지센터를 방문하지 않아도 된다고 말이다. 민원인 입장에서는 멀리 있는 이곳 행정복지센터보다 본인의 집에서 가까운 법원이나 등기소에 가는 것이 더 쉽고 편한 일이었다. 그런데 이 부분은 국민신문고의 글에는, 내가 업무처리를 회피하기 위해 다른 기관으로 보내려고 했다는 식으로 부정적으로 쓰여 있었다.

이분들은 다음 날 다시 방문했다. 전날 방문한 어르신의 경우 워낙 평범한 외모와 옷차림이다 보니 동일인인지도 몰랐다. 행정민원대에 직원이 2명이 배치되어 있으면, 보통은 민원 업무를 칼같이 갈라서 하지 않고 모든 민원 업무를 다 같이 하는 경우가 많았다. 각 업무의 처리 권한도 당연히 두 직원 모두 가지고 있었다. 그날은 민원인이 많았고, 나는 번호표 순번대로 민원 업무를 처리하고 있었다. 그런데 어제 그 어르신의 차례가 왔고 나는 이미 다른 민원인의 업무를 처리하고 있었기 때문에, 자연스럽게 옆 직원이 그 어르신의 용무를 보게 되었다.

전산에 입력해야 하는 계약서가 2건 있었는데, 1건은 입력이 잘 완료되었다. 그런데 다른 1건은 계약서상 주소 등이 전산에 잘 입력되지 않아서 옆 직원이 애를 먹고 있었다. 옆 직원은 민원 업무를 잘하기로 평이 나 있었고, 그 직원에게서 내가 간혹 노하우를 배우기도 하던 터였기에 그런 일은 매우 드문 경우였다. 나는 내가 처리하던 업무가 끝나자마자 옆 직원의 자리에 가서 어떤 상황인지를 파악한 뒤, 내 자리로 돌아와 같은 전산에 들어갔다. 다행히 이런저런 시도 끝에 방법을 찾게 되어서 바로 옆 직원에게 알려주었다. 옆 직원이 처리 중이던 업무였기에 그 업무를 마무리하는 것도 당연히 그 직원의 몫이었다.

그런데 국민신문고에서 나는 자신이 마땅히 해야 하는 업무를 옆 직원에게 떠넘긴 무책임한 공무원으로 묘사되어 있었다. 내가 옆 직원의 컴퓨터 전산을 살펴보고 내 자리의 전산에서도 방법을 궁리했던 것은, 당연히 옆 직원을 돕고 또 그 민원인을 돕기 위해서였다. 그러나 그 장면은 마치 내가 해야 할 업무를 옆 직원이 하다가 막히니까 뭐가 안 되는지 구경이라도 하는 듯한 모습으로 그려져 있었다. 옆 직원의 업무처리에 대한 질책과 추궁도 있었다. 이미 업무는 다 잘 마무리되었는데도 말이다. 어머니가 혼자 오신 상태에서 업무 처리를 하고 있었을 때는 옆 직원이 어머니에게 여러 가지 세밀한 사항까지 차근차근 확인시켜드리며 일 처리를 하고 있었다. 그러다가 중간에 딸이 행정복지센터에 들어오더니 큰 목소리로 바쁘다고 재촉하기 시작했다. 게다가 계약서의 내용이 전산에 잘 입력되지 않는 등 시간이 걸리게 되자, 옆 직원이 속도를 내기 위해서 이전과는 조금 다른 방식으로 업무 처리를 했던 것 같다. 민원인은 이것을 문제 삼아 지적하고 있었다. 그러나 옆 직원의 업무처리는 크게 문제가 될 것도, 그분들에게 어떤 피해를 준 것도 없었다. 급하다고 재촉하니 그분들의 상황에 최대한 맞춰 주었을 뿐이었다.

늦은 밤 사무실에 덩그러니 남아서 민원인에게 어떻게 답변을 써야 할지를 고민했다. 그 민원인은, 첫날에는 내 얘기를 자꾸 잘라먹으면서 신경질을 내더니 자기 뜻대로 되지 않자 내게 다그치며 화를 낸 사람이었다. 그 바람에 다른 직원들까지 흠칫 놀라서 뒤돌아봤었다. 둘째 날에는 날 한참 째려봐서 얼굴에 구멍이라도 뚫리는 줄 알았다.

그런데 이런 소설 같은 글까지 써서 날 괴롭히나 싶으니 속에서 뭔가가 부글부글 끓어올랐다. 그 근래 몇 달 동안 느껴 보지 못한 뜨거운 감정이었다. 마음 같아서는 나도 이 끓어오르는 것들을 거침없이 다 쏟아붓고 싶었다. 그러나 답변 글에 그런 감정이 들어가서는 안 되는 일이었다. 다시 한번 업무에 대해 정확하게 설명하고, 민원인이 잘못 알고 있거나 오해하고 있는 모든 상황에 대해 자세하게 해명해야 했다. 내 마음 어딘가에는 있을지도 모르는 죄송한 마음을 엄청나게 확대하여 간곡하게 써야 했다.

다행히 답변 뒤에 더 이상의 이의제기는 없었다. 그 일이 있고 난 뒤 한동안은 그런 일이 없는 평범한 일상에 참 감사함을 느꼈다. 그리고 시간이 더 지나자, 그 일에 대한 다른 관점도 생겼다. 그 당시에는 억울하고 화가 나는 감정이 컸다. 그런데 한편으로는 그분이 글을 쓴 것이 단지 악의적인 감정 때문만은 아니었는지도 몰랐다. 해야 하는 일이 뜻대로 잘 안되는 상황에서 그 일과 관련된 관공서 직원의 말과 행동 역시 도무지 이해가 되지 않는다면, 답답하고 화가 날 수도 있을 것 같았다. 민원인 입장에서는 그 경우 이의제기를 할 수 있었다. 직원에게서 정확하고 자세한 설명과 답변을 듣는다면 오해로 인한 힘든 감정이 해소될 수도 있는 일이었다.

참 다양한 민원인들을 만났던 것 같다. 지자체 공무원이 하는 일은 일부 부서나 업무를 제외하면 민원 응대의 비중이 컸다. 국민신문고에 올라온 그 민원은 그때는 좋게 받아들이기가 힘들었다. 그러나 그런 일을 포함하여 이런저런 경험이 쌓이면서 점차 능수능란하게 민원 응대를 하게 되었던 것 같다. 적절한 대처법을 은연중에 꾸준히 터득해 나가고 있었다. 그리고 공무원으로서 어느 상황에서든지 떳떳해지려면 친절한 태도도 중요하겠지만, 법과 원칙대로 업무를 처리한다는 기본전제가 흔들려서는 안 되겠다는 생각도 하게 되었다.

누군가는 해야 하는 일
ft. 코로나

"한 달 초과근무가 100시간이 넘는데, 그걸 1년 넘게 했다고요?"

어떤 보건소 직원에게서 우연히 초과근무 얘기를 듣던 중에 깜짝 놀라며 반문했다. 그 직원의 말로는 코로나 재난이 닥치면서 매일 야근은 기본이었고, 주말에도 하루는 꼭 출근해야 했는데, 이틀 전부 출근하는 일이 잦았다고 한다. 그러다 보니 한 달 초과근무가 100시간이 넘는 때가 많았다고 했다. 문제는 그런 상황이 일시적이었던 게 아니라, 1년이 넘게 계속되었다는 점이다. 그 직원의 이야기는 나를 매우 겸손하게 만들었다. 그 이야기를 듣기 전에는 나도 여느 직원들처럼 일에 치여 산 적도 있고, 일을 적게 하지는 않았다고 생각했다. 그런데 코로나 재난을 겪어 온 보건직 공무원들에 비할 수는 없겠다 싶었다.

내가 그 보건소 직원의 자리에 있었다면 6개월은 버틸 수 있었을지 의문이 들었다. 아니나 다를까 질병 휴직 등 휴직자들이 늘어났다고 했다. 그로 인해 갑자기 생긴 빈자리의 업무는 당분간 휴직자와 같이 근무 중이던 옆 직원들이 나누어 맡을 수밖에 없었다. 안 그래도 격무인데, 더 격무가 되는 악순환이 일어나는 모습이었다. 그 직원은 어릴 때부터 체력이 남다르다고 자부했다고 한다. 그러나 보건직 공무원이 된 후 코로나 시국을 맞이하며 1년 이상을 업무상 과로하게 되니, 몸이 안 좋아지면서 아픈 곳이 생기기 시작했다고 한다. 또 이미 주변에 여러 직원이 크고 작은 대상포진에 걸렸다고 했다. 내 귀로 직접 이런 얘기를 들으니 가슴 한편이 무거워졌다.

나의 경우에는 코로나 관련 현장 지원을 갔다가 사뭇 긴장되는 순간을 겪은 적이 있었다. 늘 비상시국이었고 코로나에 걸린 적도 없던 때에, 내가 배치된 곳에만 방호복이 지급되지 않는 등 다소 열악한 상황에 놓이거나 돌발상황을 마주하게 되면, 아찔하고 두려워지는 것은 어쩔 수 없었다. 글을 쓰는 지금에야 시간이 꽤 흘러서 코로나 엔데믹이 선언되었고, 코로나에 걸린 이력도 생겨서 예전만큼 코로나가 무섭지는 않다. 지금의 내가 예전과 똑같은 상황으로 되돌아가서 일한다면, 별로 거리낄 게 없을 것 같다. 하지만 그때는 아니었다.

예상외의 일을 더 껴안게 되기는 했으나, 다행인 일도 있었다. 어떤 업무는 코로나 대응 현장에 나가기 전에, 그 주에 차출되는 직원들을 한데 모아놓고 간단한 교육을 했다. 교육에 참여했던 나는 배부받은 자료들을 살펴보고 있었다. 그런데 자료들끼리 뭔가 안 맞는 듯한 부분이 보였다. 이상하다는 생각을 하고 있는데, 담당자의 설명이 끝나자마자 직원들은 각자의 사무실로 돌아가기 바빴고 담당자도 어디론가 사라져 버렸다. 내가 떨떠름하게 앉아 있자, 같이 설명을 들었던 아는 직원이 '안 가고 뭐 하냐'고 물어봤다. 나도 어서 자리를 뜨고 싶었다. 왜 이런 게 내 눈에 들어왔을까 싶었다. 간단히 말해서, 직원 배치에 구멍이 난 상황인 듯했다. 내가 아니었어도, 나중에 담당자나 다른 직원이 이래저래 이 사실을 발견하여 조치를 취했을 것이다. 그래도 무엇이든 미리 발견해서 대비하면 더 좋을 일이었다. 하지만 '모른 척하고 넘어갈까?'라는 생각이 언뜻 스쳐 지나갔다. 구멍 나 보이는 자리의 시간대가 내가 배치된 시간대와 가까웠다. 담당자가 확인해 보고 정말 구멍이 난 게 맞으면, 왠지 내가 그 자리를 맡아야 할 것 같았다.

모든 부서가 동원되는 직원 차출표는 비교적 이르게 작성되는 편이었다. 직원끼리 맞바꾸거나 배치되었던 직원 자리에 같은 부서의 다른 직원이 대신 가는 일은 비교적 수월해도 갑자기 생겨나 버린 빈자리를 메우는 일은 수월하지 않은 듯했다. 날짜가 며칠 남지 않은 상황이기도 했다. 짧은 순간에 별의별 생각이 들었지만, 알게 된 이상 그냥 넘어갈 수는 없었다. 슬픈 예감은 틀리지 않았다. 담당자는 이 사실을 알고 매우 난처해했다. 혹시나 다른 직원을 알아보고 배치하겠다는 얘기가 나오지 않을까 싶었는데, 나에게 좀 도와달라는 부탁을 했고 결국 내가 그 일까지 하게 되었다.

코로나 19는 이전에는 없던 종류의 재난이었다. 유례없는 재난이 갑작스럽게 닥치면 일은 일대로 늘어나고, 기존의 통상적인 매뉴얼 만으로는 이에 완벽하게 대응하기가 역부족일 수 있었다. 낯선 재난은 어떻게 바뀔지, 언제 끝날지를 알 수 없었다. 상급기관에서 하급기관에 이르기까지 아무리 잘 대처한다고 해도, 예상하지 못한 일들이 계속 발생했다. 상황이 그러했으니 급하게 새로운 매뉴얼을 마련하더라도 그 또한 모든 경우의 수를 세세하고 충분하게 다루지 못할 수도 있었다. 흘러가는 현장 상황과도 괴리가 생길 수 있었다.

지침은 불충분한데, 당장 급하게 여러 일을 결정하고 처리해야 하는 상황에 놓인 직원들이 있었다면 매우 큰 스트레스와 압박감을 받았을 것이다. 긴박하게 처리할 수밖에 없었던 일이 혹여나 나중에 문제의 소지가 되지는 않을까 하는 불안감 등으로 말이다. 만일 실제로 크고 작은 문제가 생겨서 책임 소재를 따져야 하는 불상사가 생긴다면, 직원 개인에게는 참으로 억울한 일이 되는 것 같았다.

그리고 사람의 정신력과 체력에는 한계가 있는 법이다. 앞서 얘기한 보건직 직원들의 경우처럼 단기간도 아니고 장기간, 그것도 한 해가 넘어가는 과로에 놓였을 때 실수 없이 모든 일을 완벽하게 처리한다는 것이 과연 얼마만큼 더 가능할지 의문이 들었다. 게다가 시민들 역시 이런 재난이 처음이었고, 개중에는 코로나로 인한 제약을 순순히 받아들이지 못하고 반발하는 사람들이 있었다. 이런 사람들을 끊임없이 상대해야 하는 직원들은 심리적으로도 타격을 받을 수 있었다.

도저히 일을 못 하겠다면 깔끔하게 직장을 퇴사하는 방법이 있었다. 그러나 그렇게 퇴사하는 인원이 넘쳐났다면, 남은 직원들만으로는 뒷감당이 제대로 안 되는 상황이 벌어졌을지도 모른다. 그렇게 메우기 힘든 공백과 어려움이 생긴다면 이는 결국 시민들이 감당해야 할 몫이 되는 것 같았다.

누군가는 해야 하는 일이었다. 시민들의 안전 및 생명과 직결되는 일은 더욱 그러했다. 공무원의 사명감과 책임감이 아니었다면, 이 재난 때문에 닥친 모종의 업무들을 끝까지 감당하려고 한 직원들이 그만큼이라도 있었을까 싶다. 여러 직렬의 많은 직원이 코로나로 인한 무거운 짐을 지고 있다는 것을 다시 한번 깨닫게 된 시기였다. 또 과로에 상응하는 보상도 중요하지만, 정부 부처에서 격무 자체를 완화할 방법을 찾고 그런 시스템을 구축하는 것에도 아울러 신경을 써 주었으면 했다.

불빛이 사라진 카페
ft.코로나

    코로나 초창기에는 하도 무서운 질병이다, 걸리면 폐가 쪼그라든다, 확진되면 민폐다, 하는 식의 얘기를 많이 들어서 최대한 돌아다니지 않고 몸을 사려야 할 것 같았다. 그런데 공무원들은 코로나 시국임에도 어떤 면에서는 나가봐야 하는 일이 더 많아지고 있었다. 특히 걸핏하면 여기저기서 다중이용업소의 코로나 방역상태 등을 점검하라는 공문이 내려왔다. 제목은 협조 요청 공문인데, 점검하지 않아서 문제가 생길 시 혹은 어떤 경우에는 점검했더라도 부서장 등 윗선까지 책임을 묻겠다는 협박성 멘트가 더러 있었던 것 같다.

공무원들은 원래도 각종 행사 지원 등으로 현장에 나갈 일이 생기곤 했다. 코로나 중에도 지역 축제가 열려서, 직원들이 동원되기도 했다. 여기에다가 주민들 백신 접종 지원과 같은 코로나 관련 업무가 더해지니 직원 차출이 오히려 늘어나고 있었다.

그중에서 '코로나 방역 점검'이라는 것은 요약하면 다중이용업소를 방문하여 방역수칙을 지키고 있는지 확인하고, 점검표와 현장에서 찍은 사진들을 보관 또는 제출하라는 것이었다. 수칙을 어기고 있으면 과태료를 부과하라는 지침도 있었다. 우리 부서에 할당된 업소의 종류로는 식당, 카페, 유흥업소, PC방 등이 있었다. 소관 부서가 따로 있었지만, 지역 내 업체 수가 너무 많다 보니, 거의 전체 부서 직원들이 점검 업무에 동원되고 있었다. 방역지침이 자주 바뀌다 보니, 수정된 혹은 새로운 지침과 포스터를 전달하기 위해서 자주 출장을 나가야 했다. 차출 관리는 나의 일이었다. 매번 차출 직원들을 독려하고 결과를 취합·제출하는 일, 나도 여기저기 차출되고 방역 점검을 하러 나가봐야 하는 것은 여간 번거로운 일이 아니었다.

예상치 못한 어려움도 있었다. 인수인계를 받고 나서 한동안 기존에 해 오던 대로 차출 관리를 하고 보니 여러 문제가 있었다. 해결책은 간단했다. 차출표를 모두 새롭게 짜서, 원

점에서 다시 시작하는 것이다. 그러나 그렇게 바꾸는 것 자체가 쉽지 않은 일이었다. 누군가가 차출을 가게 되면 가뜩이나 바쁜 처지에 본인의 업무가 중단되는 것은 물론이요, 그 구멍을 메우는 것은 같은 팀 직원들이었다. 그러하기에 차출을 좋아하는 직원은 없었다. 같은 하루 차출이어도 더 멀리 나가봐야 하면 불평하는 소리가 나오기도 했으니, 평소에도 민감하게 반응하거나 문제를 제기하는 직원들이 있었다. 그러한 마당에 갑자기 차출표를 다 바로잡아 새 판을 짜서 통보하면, 최근까지 이곳저곳 차출되었던 직원 입장에서는 기존에 하던 대로 하자는 말이 분명히 나올 법했다. 한동안 차출은 없을 거라고 예상했을 테니 말이다. 결국 기존의 차출표들을 가지고 계속 차출관리를 하면서 골머리를 앓았다. 방역 점검은 빈도는 잦았지만, 그나마 차출관리가 수월했다. 개인 순번 차출이 아니라 모든 부서 직원들이 동시에 나가봐야 하는 일이었기 때문이다. 점검 조가 나뉘어 있었는데, 조원들이 모두 함께 출장을 가거나 조 안에서 두셋씩 교대로 가거나 했었다.

하루는 같은 조 직원들이 너무 바빠서, 부득이 나 혼자 업체에 전달할 자료를 챙겨서 관용차를 타고 출장을 나갔던 적이 있다. 방역 점검을 돌던 업소 중에, 지하 2~3층에 위치한 유흥업소가 있었다. 지상 입구부터 음침하고 캄캄했지만 건너

뛸 수는 없었다.

계단을 하나씩 내려갈수록 빛은 더욱 사라지고 나중에는 짙은 암흑에 휩싸이게 되었다. 전달해야 하는 여러 가지 문서를 옆구리에 끼고 급하게 휴대폰 조명등을 켰다. 없는 용기를 쥐어 짜내어 계속 내려갔더니, 굳게 닫혀 있는 문이 보이고 바로 옆에 덩그러니 문이 열려 있는 공중 화장실이 희미하게 보였다. 등골이 서늘해졌다. 완전한 어둠 속에서 휴대폰 조명에만 의지하여 주변을 둘러보고 있는데, 어디에서 뭐가 튀어나와도 이상하지 않을 것 같았다. 문제는 이곳을 벗어나야겠는데, 등을 보이고 계단을 올라가야 한다는 것이 너무 무섭고 아득하게 느껴졌다. 거의 울기 직전인 심정으로 이를 악물고 계단을 뛰어오르기 시작했다. 겨우 빠져나와서 한숨을 돌렸지만, 그래도 현기증이 나는 오싹한 느낌이었다.

공포체험을 동반한 시도 때도 없는 점검에 지쳐가는데, 학원까지 방역상태를 점검하라는 공문이 내려왔다. 점검해야 하는 업체 수가 늘어난 것에 한숨이 나왔다. 기존에는 점검 대상 중에 학원은 없었다. 관련 부서에서 점검 인원이 부족했거나, 새로운 지침을 받은 것 같았다. 점검해야 할 학원들을 점검 조별로 갈라붙이기를 하고, 직원들에게 단체 메일을 뿌렸다. 그 후 전달할 자료를 챙겨서 같은 조 직원과 함께 학원 몇 군데를 방문하게 되었다.

어느 학원에 들어가니 원장님과 선생님이 친절하게 맞아주시는 가운데 여러 아이가 보였다. 그동안 업소 점검을 하면서는 어른들만 보다가, 사부작거리는 아이들을 보게 되니 해맑은 기운이 느껴졌다. 다들 마스크를 쓰고 있는데 답답하지도 않은지, 즐겁게 이런저런 활동을 하고 있었다. 그 원장님은, 최근에도 어떤 곳에서 나온 직원이 점검을 하고 갔는데 너무 여기저기서 점검하러 오는 것 같다는 얘기를 하셨다. 친절하지만 한편으로는 어딘가 그늘진 원장님의 얼굴에서 한 지인의 모습이 겹쳐 보였다.

그 지인도 학원을 운영해 왔었다. 그런데 연이은 코로나의 여파 때문에, 그간 잘 운영해 왔던 학원 사업을 한동안 접게 되었었다. 그 학원은 학생들이 꽤 있어서 강사들을 채용하던 곳이었고, 학부모들의 평도 좋은 편이었다. 나름 괜찮은 학원이었는데 그런 상황까지 갔다고 하니 너무 안타까웠다. 다행히도 지인은 부단히 노력하여 마련한 자구책이 빛을 보게 되면서 코로나가 준 좌절과 어려움에서 헤어나올 수 있었다. 예전과 다름없는 수입을 얻게 된 데다가, 삶의 질은 오히려 더 나아졌다고 했다.

하지만 다시 그렇게 되기까지는 큰 불안감을 감내해야 했을 것이다. 코로나로 인해서 수입이 줄어들거나 끊기는 마음

93

의 고통은 직접 겪어보지 않으면 그 정도를 가늠하기가 어려울 것 같았다. 게다가 누구라도 가족을 부양하는 상황이라면 더욱 괴로울 일이었다. 지금 내가 방문한 이 학원도 코로나의 악재가 계속된다면, 혹시나 문을 닫게 되지는 않을까 하고 조금은 염려되었다.

그러던 어느 날, 여느 때처럼 카페 방역 점검을 돌고 있었다. 그런데 한 카페가 영업하지 않는 것 같았다. 예전에 방문했을 때는 카페 내부에 반짝거리는 전구가 가득하고, 한쪽에는 아기자기한 쿠키와 과자들이 반듯하게 진열되어 있었다. 젊은 사장님이 운영하는 곳이었는데, 짤막한 대화 중에도 사장님의 웃는 얼굴을 보곤 했었다. 그런데 이렇게 불빛이 사라진 어두운 카페 내부와 굳게 닫힌 문을 둘러보고 있자니, 마음이 너무 좋지 않았다. 언젠가는 사장님도 이 카페도 활기를 되찾기를 바라면서 돌아서야 했다.

이와 달리 평소대로 운영되고 있는 식당과 카페도 있었다. 코로나 시국에도 열정과 포부를 가지고 새롭게 창업을 한 사장님도 있었다. 가족과 함께 카페 운영을 막 시작한 상태였다. 뭔가 회의를 하는지 메모를 하면서, 가족들과 이것저것 상의하는 모습을 볼 수 있었다.

사실 방역 점검을 다니던 초기에는 이 일이 번잡하게 느껴졌다. 가끔은 내 일이 아닌 것 같은 기분이 들기도 했다. 업무 분장표에 명시되어 있는 업무는 아니어서 그랬던 것 같다. 그러나 분명히 나를 포함한 직원들 모두가 해야 하는 일이었다. 그리고 어느새 단순한 차출이라기보다는 코로나 재난으로 인해 빈번한 출장을 요구하는, 또 하나의 업무가 되어있었다. 그렇게 점검을 돌다 보면 이따금 업체 사장님들의 애로사항을 듣게 되기도 했다. 그럴 때면 그 순간에는 공감했다가도 이내 빨리 점검을 끝내고 돌아가야 한다는 생각에 마음이 급해졌다. 또 단순히 '어떤 가게는 잘 되고 있고, 어떤 가게는 잘 안되는구나'라는 정도의 생각에 머무르고 있었다.

그러나 앞선 일련의 일들을 통해서 또 현장에서 계속 업주들을 접하면서, 그분들의 심경을 한층 헤아릴 수 있게 되었던 것 같다. 내가 좀 더 친절하고, 때로는 좀 더 신중하고 조심스러워야겠다는 생각이 들었다. 점검은 해야 하는 일이었지만, 본의 아니게 안 그래도 힘든 업주들에게 이런저런 제약을 얹어주는 모양새였으니 말이다. 그리고 어려운 시국에도 업장에서 매일 열심히 일하시고 방역 준수까지 성실히 하시는 많은 사장님을 보면서, 그분들을 더욱 존경하고 응원하게 되었다.

선거,
환장과 후련 사이

    그해에 선거가 있는지 없는지는 행정복지센터에 근무하는 혹은 근무할 예정인 직원들에게 관심사가 되곤 했다. 선거 담당자는 두말할 것도 없고, 동에서 근무하는 대부분 직원에게도 계속 일거리가 생겼기 때문이다. 선거일 대략 두 달 전부터 여러 일정에 맞춰서 작업해야 하는 일들이 줄지어 있었다. 행정복지센터 소속은 아니더라도, 사전투표일이나 선거 당일에 차출되어 선거사무에 종사해야 하는 직원들도 있었다.

    22년도에는 큰 선거 두 개가 그것도 상반기에 연달아 있었다. 이런 경우는 매우 드물었다고 한다. 게다가 계속 코로나 시국이었으니 조금은 우려스러운 일일 수밖에 없었다. 선거가 이렇게 몰려 있지 않고 상반기에 한 개, 하반기에 한 개만 되어도 얼마나 좋을까 하는 생각이 들었다.

　공무원이 되기 전에는 행정복지센터에서도 선거업무를 한다는 사실을 잘 몰랐다. 행정복지센터는 여러 투표소 중 한 군데였고, 그렇게 단지 투표 장소로만 인식했을 뿐이었다. 선거업무는 당연히 선거관리위원회가 오롯이 하는 일이라고 생각했다. 공무원이 되고 나서야 알았다. 모든 투표소의 선거 준비·관리·철거를 행정복지센터에서 하고 있다는 것을 말이다.

　선거업무에 관해서는 교육이 있었는데, 코로나가 터지기 이전에는 대면 교육이었다. 이 교육을 듣기 위해, 같은 지자체 공무원들과 함께, 다른 지역으로 출장을 간 적이 있다. 전국 지자체 공무원들을 권역별로 한 곳에 모아서 교육했는데, 큰 빌딩 내부의 커다란 홀에서 이 교육을 들었다. 교육이 끝난 뒤 질의응답 시간이었다. 여러 공무원의 질의를 가만히 듣고 있는데, 단순한 질문을 넘어서 선거업무에 관한 고충을 호소하는 격앙된 목소리가 여럿 있었다. 그때는 좀 의아했다. 이렇게 대대적으로 교육까지 하는 걸 보면 어차피 지자체 공무원들이 다 해야 하는 일 같은데, 저렇게 구구절절하게 얘기할 필요가 있나 싶었기 때문이다. 그런데 선거업무를 해 나가면서 주변에서 다양한 얘기를 듣다 보니, 선관위 직원들이 해야 하는 것으로 여겨지는 여러 업무가 지자체 공무원들에게 전가되는 측면이 있다는 사실을 알게 되었다. 그제서야 선거교육 질의응답 시간에 날을 세운 몇 직원이 왜 그랬는지를 이해하게 되었다.

코로나 시국이 되자 선거교육은 비대면 교육으로 전환되었다. 비대면 교육은 지자체 공무원들이 특정 날짜와 시간에 특정 사이트 커뮤니티에 들어가면 받을 수 있었다. 교육 영상은 추후 업로드되므로 따로 복습이 가능했다. 선거와 관련하여 내가 맡게 된 업무는 선거 전산 업무였다. 예전 선거 때에도 전산 업무를 해 본 경험이 있었기 때문에 맨 처음 접했을 때보다는 낫게 느껴졌다. 그럼에도 주의해야 할 사항이 많았기에 선거 교육은 필수였다.

그런데 하필 근무 시간 중에 이 교육이 있었다. 선거교육을 듣는 것은 여러 보안프로그램이 깔린 직원들 자리의 컴퓨터에서만 가능했다. 다른 곳에서는 들을 수가 없었다. 어쩔 수 없이 내 자리에서 이어폰을 끼고 교육 영상을 보고 있어도, 민원인들이 곧바로 내 자리에 오기도 했다. 그렇다고 민원대 앞에 '선거교육 수강 중이니 옆 직원에게 가세요.'라는 문구를 써 놓고 그 자리에 앉아 있는 것도, 민원인 입장에서는 이해가 안 될 것 같았다. 낮에 정해진 시간에 선거교육을 들어야만 커뮤니티 접속 등 기록이 남아서 교육훈련 이수 시간으로 인정된다고 들었다. 참고로 공무원은 일정 시간 교육훈련을 받아야 했는데, 그 교육훈련 시간을 채워야 승진심사 대상이 될 수 있었다. 그러나 민원인들이 오는 가운데 그런 것까지 따져가며 교육을 듣기란 참 부담스러운 일이었다. 결국, 낮의 교육수강은 포기하고 평소처럼 민원 업무를 본 뒤 저녁에 복습용 동영상을 볼 수밖에 없었다.

선거 전산 업무는 어렵다기보다는 수시로 자잘하게 해야하는 일들이 있었다. 또 예전부터 선거 전산 업무를 하려면 평일 저녁, 주말, 공휴일에 출근해야 하는 날이 많았다. 선거 전산 작업은 민원을 응대할 때 쓰는 시스템을 주로 사용해야했고, 따라서 민원 응대를 하지 않아도 되는 평일 저녁, 주말, 공휴일이 이런 작업을 하기에 제일 적합했기 때문이다. 지정된 평일 저녁, 혹은 주말과 공휴일에는 전국의 선거 담당 직원들이 모두 출근해서 작업했다. 중요한 작업을 하는 날에는, 그 결과가 상급기관과 선관위 등에 보고되고 나서 최종 승인이 떨어져야 직원들이 집에 갈 수 있었다. 만약 어떤 문제가 생기는 곳이 있다면, 해당 동뿐만이 아니라 해당 구, 또는 지자체 전 직원들의 발이 사무실에 묶여서 집에 못 가게 될 수도 있었다. 다른 곳에서는 별 탈 없이 작업이 끝났는데도 말이다. 저녁 9시쯤엔가 일을 끝내 놓고도, 어떤 동에서 문제가 생겼으니 대기하라는 지시를 받고 하염없이 기다리다가, 밤 11시를 넘긴 적도 있었다.

거소투표 신고서를 접수받아 전산에 수기로 기입·관리하는 일도 있었다. 거소투표란 본 선거, 사전투표처럼 투표소를 방문하지 않고도 투표권을 행사할 수 있는 제도였다. 군대, 병원·요양소나 수용소·교도소 등에 있는 사람이 거소투표를 신고하면 이들에게 거소투표용지와 회송용 봉투가 발송되었고, 이를 통해 투표권을 행사할 수 있었다. 거소투표 신고서 중에는 여러 가지 사항이 오기되거나 누락 된 경우가 꽤 있어서, 이를 바로잡고 정리하는 데 시간이 걸렸다. 신고서를 검토하는 일, 정보를 수기로 입력·수정·삭제하는 일, 올바른 관할지로 다시 보내는 일 등은 사소한 일처럼 보여도 그렇지 않았다. 한 사람, 한 사람의 투표권이 매우 중요하다 보니 자칫 실수해서 누군가의 투표권이 누락되면 큰일이기 때문이다. 반대로 투표권이 없는 사람에게 투표권이 생겨도 안 되니, 이런 특정 대상자들의 목록과 변동 여부를 수시로 확인하는 일도 있었다.

선거인명부가 나오면 시민들이 이를 열람하는 기간이 있었다. 인터넷을 사용하거나 행정복지센터 등에 방문하여 열람할 수 있었다. 하지만 예전부터 행정복지센터에 이를 열람하러 오는 시민들은 거의 없었다. 그래도 누군가는 사무실에 나와 있어야 했다. 열람 기간에 주말이 끼어 있으니, 차출 순번을 돌려서 오전에 나올 직원, 오후에 나올 직원을 정하기도 했다. 전혀 예상치 못했던 선거사무 알림과 출근 지시를 받고는 매우 당황스러워하는 직원도 있었다.

선거 후보자 등록이 끝나면, 주민들에게 후보자 정보를 전달하는 선거 벽보를 제작·부착하는 작업이 있었다. 동에서는 선관위로부터 받은 후보자 포스터를 비닐첩부판에 일일이 넣는 등의 작업을 하며, 선거 벽보를 만들었다. 그 후 지정된 여러 장소로 이동하여 선거 벽보를 부착하고 나서 선거일까지 직원들이 수시로 벽보 상태를 확인했다. 벽보가 떨어지거나 훼손되는 일이 생기면 직원들이 그때그때 수습하거나 선관위에 보고해야 했다.

집집마다 배달되는 선거공보물 작업은 동의 자생단체 회원들과 협동해서 하는 일이었다. 투표안내문과 각 후보자의 홍보물을 선거공보 봉투에 넣고 동봉하는 것이 주된 작업이었다. 특정 후보자의 홍보물이 중복으로 들어가지 않고 후보마다 한 부씩만의 홍보물이 들어가게끔, 또는 특정 후보자의 홍보물이 누락 되는 일이 없게끔 신경을 써야 했다. 예전에 그런 일이 생겨서 큰 곤욕을 치렀던 동이 있었다. 작업하다가 문득, 몇 년 전 다른 동에서 선거공보물 작업을 할 때 한 팀장님이 공장이 잘 돌아가고 있다며 흡족해하던 게 떠올랐다. 펼

어쩔 땐
극한 직업!

처지는 주변 광경을 보면, 정말 공장이 돌아가고 있는 것 같았다. 보통 토요일에 하루 종일 하게 되는 단순 노동이었는데, 그 후에 손목과 어깨에 통증을 호소하는 직원들도 있었다. 이런 굵직한 일들과 자잘한 일들을 하다 보면 어느덧 선거일이 가까워졌다.

대통령 선거일과 지방 선거일에는 행정복지센터의 모든 직원이 투입되었다. 대통령 선거 사전투표 2일과 본 선거 1일, 지방선거 사전투표 2일과 본 선거 1일, 이렇게 멘탈을 아주 꽉 부여잡아야 하는 날이 총 6일이었다. 우리 동의 경우에는 사전투표 때 직원들이 2개의 조로 나뉘어서, 한 팀은 대통령선거 사전투표에 2일간, 다른 팀은 지방선거 사전투표에 2일간 투입되었다. 나는 대통령 선거에서는 사전투표 근무 없이본 선거 1일만 근무했고, 지방선거에서는 사전투표 2일, 본선거 1일 모두 근무했다. 나로서는 지선이 좀 더 빡빡했다.

사전투표 때 이틀 연속 근무하면, 업무의 연속성 덕분에 둘째 날은 일이 수월해진다는 이점이 있었다. 그러나 체력적으로는 다소 힘들어졌다. 사전투표 일시는 금, 토 2일간 오전 6시~오후 6시였는데, 코로나 확진·격리자 투표까지 더해지면 선거 종료 시각이 더 늦어지게 되었다. 또 직원들은 새벽 4시 30분쯤에는 투표소에 와 있어야 했는데, 선거 개시 전에 거치는 여러 절차가 있었기 때문이다. 확진·격리자 투표가 있는 날은 저녁 먹을 시간이 애매했다. 직원들은 번갈아서 잠깐 쉬는 틈에 빵과 우유로 대충 허기를 때웠다. 투표 종료 후에도 투표소 철거 작업과 투표함 및 관계 서류를 개표소에 인계하는 절차가 있었다. 거의 밤 10시 전후로 끝났던 것 같다.

그러고 나서 일요일이 되면 모든 직원이 쉴 수 있으면 좋을 텐데, 선거 담당 등 몇 직원은 선거 관련 업무로 출근해야 했다. 그 후 월요일에 정상 근무를 하고, 화요일 저녁에 다음 날 있을 본 선거를 위한 행정복지센터 투표소 설치 작업, 기타 선거 준비를 끝내면 밤 10시쯤 퇴근하게 되었다. 본 선거일에도 역시 사전투표일처럼 새벽 4시 30분에 출근했고, 마지막 절차는 밤 10시 전후로 마무리되었다. 투표함 등의 인계가 늦어지는 동은 훨씬 늦게 끝나기도 했다. 이런 선거가 두 번이다 보니, 한 번일 때보다는 더 피로감이 있었다. 그리고 선거 일정의 하이라이트 중 하나였던 대통령 사전투표 업무를 치른 직후, 그날의 일들이 연일 뉴스에 보도되었다.

뉴스에 나온 대로, 대통령 선거의 '코로나 확진·격리자 사전투표'는 문제 될 소지가 있었다. 기표 된 투표용지를 투표함에 직접 넣을 수 없다는 설명을 들은 유권자들이, 투표 현장에서 항의하는 일이 전국적으로 많았다고 한다. 유권자 입장에서는 황당할 수 있는 일이었다. 사무원이 중간에서 아무리 관리를 잘 한다고 해도, 투표지가 투표함에 들어가기 전까지는 두 눈으로 직접 확인하지 않는 이상, 그 어떤 일도 일어나지 않으리라고 100% 장담할 수는 없으니 말이다. 우리 동에서는 어떤 상자를 마련하여 확진·격리자의 기표 된 투표용지를 담았는데, 동마다 그러한 투표용지를 담는 도구가 제각각이었다고 한다. 뭔가 허술해 보이는 박스 등에 투표용지가 담기는 걸 보게 된다면, 충분히 불안하고 의심스러운 마음이 들만했고, 이를 받아들이기 어려울 수도 있었다. 지자체 직원들은 내려온 지침대로 업무를 했을 뿐이었지만, 답답하고 화가 난 유권자들의 욕받이가 되어야 했다.

그날 근무했던 한 직원은 혀를 내둘렀다. 안 그래도 추운 날씨에 바람까지 심하게 불었다고 한다. 그런 날씨인데도, 확진자들을 건물 외부에서 줄을 세워 대기시킨 후 역시 외부에서 기표하게끔 하는 바람에 안 그래도 아픈 사람들이 추위에 떨어야 했다. 이 역시 확진자들과 비확진자 간 동선이 달라야 한다는 지침에 따른 것이었다. 이것저것 강풍에 날아가는 걸 붙잡거나 다시 가져오는 와중에, 일부 확진자들이 거세게 반발하면서 난리가 났다고 한다. 특히 어떤 팀장님과 직원이 항의하던 사람들을 진정시키고 상황을 수습하느라 애를 먹었다고 했다. 그런 토요일을 겪고 일요일이 지나 월요일이 되었지만, 토요일에 고생했던 그 팀장님과 직원은 회사에 나오지 못했다. 코로나에 확진되었기 때문이다.

코로나에 확진되면 일주일간 격리를 해야 하니, 대통령 본선거를 불과 이틀 앞둔 동에서는 긴급한 상황이 되었다. 그 팀장님과 직원이 맡았던 본 선거 직무를 대신할 직원들을 서둘러 지정해야 했다. 다른 부서의 직원과 우리 동 직원이 대직자로 뽑혀서 그 직무에 배치되었다. 아마 이런 일이 생긴 동이 전국적으로 꽤 있었을 것이다. 코로나 시국이었던지라 부서 안에서 뱅글뱅글 돌아가며 직원들이 확진되곤 했기 때문이다.

대통령 본 선거는, 대통령 사전투표 때와는 다른 점도 있었지만, 대체로 비슷한 절차로 치러졌다. 나는 그날 투표록을 기록하고, 1시간마다 투표 인원을 집계하여 상부에 보고하는 일을 했다. 사전투표 이틀을 지난 마지막 투표일이니만큼, 직원들 모두 별다른 일 없이 끝나기를 바라는 마음이었다.

그러나 한 주민이 지금은 잘 기억이 나지 않는 이유를 들고 난동을 부렸고, 위협을 느꼈던 직원이 경찰을 불러도 모자랄 판에 본인이 억울하다며 경찰을 부르게 되었다. 그 일로 인해 투표관리관이었던 계장님이 이 일을 처리하느라 점심을 드시지 못하게 되었다. 새벽부터 밤까지 빽빽하게 이어지는 일정과 긴장 속에서, 점심을 생략하게 되면 제대로 강행군이었다. 너무 안타까웠지만 내가 할 수 있는 일에 최대한 집중하는 수밖에 없었다. 선거에서 일어나는 모든 사건·사고·특이사항은 투표록에 기록해야 했는데, 이 소동 역시 투표록에 쓰이게 되었다. 이런 것까지 써야 하나 싶은 자잘하고 사소해 보이는 다른 일들도, 투표관리관의 지시 아래 투표록에 기록했다.

일지를 쓰다가도 기표소가 비어있을 때, 그 내부에 이상이 없는지를 둘러보면서 기표대 등을 소독 용품으로 수시로 닦았다. 돌발상황이나 특이사항이 생겨서 투표관리관이 이를 처리하게 되면, 나는 관리관을 대신해서 투표소 상황을 살펴보거나 이런저런 민원 응대를 했다. 우수수 쓰고 난 비닐장갑들이 출구 쪽 쓰레기봉투 안에서 이리저리 날아다녔다. 선거를 맞아서 이렇게 버려지는 비닐장갑이 전국적으로 얼마나 많을지 짐작도 가지 않았다. 방역물품으로 지출되는 예산이 클 수밖에 없겠구나 싶었다. 공무원들이 입는 방호복도 한 번 입으면 죄다 버려야 했다. 코로나 상황이니 어쩔 수 없겠지만 너무 아깝다는 생각을 하면서, 비닐장갑이 수북이 쌓이면 기다란 집게로 꾹꾹 누르거나 쓰레기봉투를 새로 교체했다.

대통령 본 선거의 확진·격리자 투표는 대통령 사전투표 때 난리가 났던 것과는 달리 상황이 한층 나아졌다. 확진자들도 투표소 내부에서 비확진 유권자들과 똑같은 절차로 투표권을 행사할 수 있었다. 투표 시간만 다를 뿐이었다. 이런 확진자를 응대하기 위해 투표소 내 직원들 전체가 방호복을 입게 되었다. 다들 하얀 방호복과 장갑에 페이스 쉴드까지 쓰고 있으니, 어디 사건 사고 현장에 나온 감식반 같았다. 확진·격리자 투표가 종료되자마자 다른 직원들은 투표소 철거 작업에 들어가고, 나와 투표관리관은 인계해야 하는 서류와 물품들을 바리바리 큰 가방에 싸기 시작했다. 경찰관의 경호와 참관인들의 감시 속에서, 투표함 및 인계 가방을 이송 차량에 싣고 개표소로 이동했다.

보통 개표소는 대규모 인원을 수용할 수 있는 실내체육관 같은 곳이다. 투표함을 인계하면서도 최종 검사 절차가 있었다. 투표록, 선거인명부, 잔여 투표용지, 절취된 일련번호지 등 투표관계서류에서 빠진 것은 없는지, 투표록 주요 항목마다 이상은 없는지 등을 점검하는 것이었다. 여기서 통과되어야만 집으로 갈 수 있었다. 통과되지 못하면 다시 검사를 받아야 하는데, 이미 투표함을 인계하려는 대기 줄이 워낙 길어진 상태라, 그리되면 언제 끝나게 될지 기약이 없게 되었다. 개표소에 빠르게 도착해야 빨리 검사를 받을 수 있었는데, 조금 늦게 도착했다 싶으면 이미 상당히 늦은 상태였다. 모든 투표소 직원들이 앞다투어 투표함을 들고 왔으니 말이다.

대통령 선거 때는 적당하게 잘 도착했다 싶었는데도 최종 검사를 받기까지 한참을 줄을 선 채 기다려야 했다. 그렇게 시간이 오래 걸릴 줄 모르고 옷을 대충 입고 왔다가 찬 바람이 몰아치는 복도 입구에서 부들부들 떨어야 했다. 그때의 시린 경험을 바탕으로 지방선거 때에는 재빨리 움직여서 비교적 먼저 도착할 수 있었다. 최종 검사가 끝나면 나의 업무도 끝이었다. 그때부터 개표작업이라는 밤샘 업무를 시작하는 직원들도 있었지만 말이다. 대통령 선거에서 그리고 그 후 지방선거에서 투표함 등의 인계사항 최종 검사를 잘 통과하면서, 그간의 짐을 홀홀 털어버리는 시원한 홀가분함을 맛볼 수 있었다.

지선 때에는 대선 때와는 달리 선거사무 수당이 꽤 많았다. 22년 대선이 끝나고 지선을 앞둔 시점에서 선거 수당과 사례금이 인상되거나 추가되었기 때문이다. 토요일 사전투표와 평일 본 선거에 대한 특별휴가도 2일을 쓸 수 있었다. 그 근래에 전국공무원노조에서 선거사무 개선 투쟁을 본격적으로 하기 시작했는데, 그 활동이 맺은 결실이었다. 선거 당일마다 받은 현금을 합치니 돈 봉투가 꽤 두둑해졌다. 힘들긴 했지만 돈 봉투를 보니 좀 위안이 되는 것 같다는 내 말에, 어느 직원은 차라리 그 돈 안 받고 일 안 하는 게 낫겠다며 푸념하듯이 말했다.

선거 수당을 예전보다 많이 받게 되었어도, 돈보다는 휴식과 여가를 택하고 싶은 직원들이 있었다. 반면에 선거 수당이 꽤 되고 특별휴가도 주다 보니 동사무소가 아닌 다른 부서에서는 지선 때 선거사무원을 하게 되면 이득이 아니냐는 직원들도 있었다. 그러고 보면 예전에는 나를 포함한 많은 직원이 선거 날에 지금의 최저시급에 한참 못 미치는 돈을 받고 일했었다. 또 선거철만 되면 지자체 공무원들 사이에서 선관위 직원들의 역할에 대한 성토의 목소리가 나오곤 했다. 이런 상황이었는데, 공무원노조에서 최근 투쟁을 한 덕분에 그나마 수당이라도 오른 것 같았다.

노조에서는 저임금 문제의 개선 외에도 선거사무에서 지자체 공무원의 비율을 낮출 것, 벽보 설치와 공보물 배부를 선관위에서 직접 하든지 외주 용역을 주든지 할 것을 요구했다. 특히 벽보 설치와 공보물 배부는 각 지역 선관위의 고유 업무인데도 그동안 지자체 공무원들이 해 왔다는 이유에서였다. 코로나로 인해 직원들의 일이 많이 늘어나 있었던 점도, 노조가 강력하게 문제를 제기한 배경이 되었다고 한다. 선관위의 입장이 있고 그간의 관행도 있어서 앞으로 무엇이 얼마나 어떻게 바뀔지는 다 알 수 없었다. 다만 지자체 공무원들은 본연의 업무를 하는 것만으로도 빠듯했다. 그런 상황에서 지자체 공무원이 짊어지는 선거사무의 비중이 지나치다면, 어떤 방향으로든 개선이 필요해 보였다.

    선거는 동의 모든 직원에게 마음의 부담이었나보다. 고되었던 선거철이 지나가자 직원들의 얼굴이 한결 피어 보였다. 동장님도 공보물 작업 날에는 수수하고 어둑한 차림으로 같이 작업에 참여하시더니만, 선거가 끝난 후에는 입으시는 의상이 화사하게 밝아졌다.

    선거는 매뉴얼 대로, 시키는 대로 하면 문제 될 것 없다며 선거사무를 가볍게 보는 직원들도 가끔 있었다. 하지만 장기간에 걸쳐 선거를 준비하고, 치르고, 마무리하기까지의 일들을 직·간접적으로 겪어보니 쉽지만은 않은 일이었다. 선거 때면 돌발상황이 종종 생기는데, 이번 코로나 시국에도 영락없이 생겼고 말이다. 직원들이 서로를 챙기면서 함께 고생한 덕분에 모든 선거사무가 무사히 끝난 것 같았다.

    이렇게 두 번의 선거를 거치니 겨울이었던 동네에 어느덧 여름이 훌쩍 와 있었다.

전기충격기가
생각날 때

"네? 칼을 맞았다구요?"

"네~ 몇 년 전에 그 동에서 이상한 사람이, 민원대 직원 얼굴을 칼로 그어서 난리가 났었다니까요. 결국은 얼굴에 흉터가 생겼대요."

예전에 한 직원이 들려주었던 얘기는 행정복지센터 근무를 갓 시작한 나를 긴장하게 만들기에 충분했다. 공무원이 되기 전에 보았던 행정복지센터 민원대는 평온해 보여 때로는 부럽기도 한 곳이었는데, 그렇게나 험악한 일이 있었던 줄은 몰랐다.

폭행당한 직원의 생명에는 전혀 지장이 없었다고 하니 흉기가 작은 칼이나 커터 칼 정도였던 것 같다. 칼부림이 있었던 그 동네는 한창 개발되고 수려하게 정비되어서 예전 같은 그런 일은 앞으로 없을 거라는 얘기가 있었다. 그래도 놀랄만한 일이었고 불과 몇 년 전에 그런 불상사가 있었다고 하니, 비록 그 동네는 아니었지만 민원대 근무가 조금은 두려워졌다.

다행히도, 내가 근무했던 동의 주민들은 대체로 점잖은 분들이었다. 그저 해야 할 일을 했을 뿐인데 고맙다, 감사하다는 얘기를 정말 많이 들었다. 나보다 나이가 많으신 부모님 뻘 되는 분들이 그런 고마움의 인사를 하면 무척 황송했다. 민원대 업무 역시 익숙해지니 할만했다. 우울한 일이 있어도 억지로라도 밝게 민원 응대를 하다 보면, 어느덧 슬펐던 일은 흐릿해지고 업무에만 몰입할 수 있었다. 그렇게 집중해서 일하다 보면 순식간에 퇴근 시간이 되었다. 민원이 많았던 날은 파김치가 되어 집에 오기도 했다. 하지만 민원대 업무가 다른 일에 비해서는 야근이 적은 편이었고 대체로 즉각적으로 처리되다 보니 퇴근과 동시에 더는 고민할 게 별로 없어서 좋았다. 그러나 또 세상의 이치가 그렇듯 평범한 민원, 나의 마음이 따뜻해지는 민원만 있지는 않았다. 소위 악성 민원이라고 부르기도 하는 특이민원을 피할 수는 없었다.

어느 날 한 어르신이 서류를 발급하러 오셨다. 다리 한쪽이 불편하신지 지팡이를 쥐고 계셨다. 이런저런 서류 중에는 발급이 가능한 것도 있지만, 발급이 절대 불가능한 것도 있었다. 그래서 그 이유를 반복하여 설명해 드렸는데, 할아버지는 좀체 납득하지 못하셨다. 좋게도 얘기해보고 단호하게도 얘기해봐도, 할아버지는 요지부동이었다. 내 앞에 떡하니 서서 본인이 원하는 서류를 발급해 주기 전까지는 움직일 생각이 없어 보였다. 다른 민원인들이 기다리고 있었다. 나는 할아버지께 다시 한번 안 되는 이유를 천천히 설명해 드리고 다른 민원들이 있으니 자리를 옮겨달라고 말씀드렸다.

그러자 그저 굳어만 있던 표정이 확 일그러지면서 할아버지가 갑자기 소리를 지르기 시작했다. 그 동의 민원데스크는 폭이 크고 넓은 편이었는데, 그 자리에서는 나에게 손이 닿지 않겠다 싶었는지 민원대 바깥에서 민원실 안쪽으로 절뚝절뚝 걸어 들어오는 것이었다. 너무 순식간에 일어난 일이라 그런지 나는 그 장면이 비현실적으로 느껴졌다. 어디 도망이라도 갔어야 했을 텐데, 그 자리에서 옴짝달싹할 수가 없었다. 정말 감사하게도 뒤쪽에서 근무하던 남자 주무관님이 할아버지가 소리를 지르며 나를 향해 오는 것을 발견하자마자 그 할아버지를 막아섰다. 그 주무관님이 아니었다면 나는 실제로 폭행을 당했을지도 모른다. 더는 상상하고 싶지 않은 일이었다.

곧이어 다른 직원도 가세하면서 다행히 할아버지가 나에게 물리력을 행사하지는 못했다. 동장님까지 오셔서 할아버지와 한참 면담을 하고 나서야 할아버지가 진정되시면서 결국 집으로 돌아가셨다. 본인은 너무 답답하고 이해가 안 가서 그랬겠지만 나로서는 기겁할 일이었다. 자신이 원하는 것을 얻지 못하면 결국 폭력을 써버리는 사람도 있구나 싶었다. 또 이런 노인들의 민원을 늘 응대하면서도 별일 없이 무탈하게 일해 오던 같은 동 사회복지 담당 직원들이 새삼 대단해 보였다.

한번은 순번을 기다리던 민원인들끼리 다툼이 생긴 적이 있었다. 대기표 순서대로 일을 보면 되는 일이니 민원인들끼리는 다툴 일이 없었다. 그런데 어떤 시비가 있었는지, 어느새 서로 생판 모르는 두 분이 언성을 높이며 싸우고 있었다. 눈이 휘둥그레져서 두 분을 말리게 되었다. 상식적으로는 이쯤이면 진정이 되겠지 싶었는데, 상황이 상식 밖으로 가고 있었다. 점차 서로 가슴과 어깨를 밀치는데 이러다가는 서로 얼굴이라도 때릴 기세였다. 결국, 뒤에 있던 직원들이 우르르 나와서 두 분 사이를 떼어 놓고 각자를 진정시키는 액션을 취한 뒤에라야 그 싸움이 잦아들었다. 나중에 어떤 직원이 말하기를, 내가 외치며 했던 말 중에 이 말이 가장 인상 깊었다고 한다.

"진정하세요~ 저 위에 CCTV가 있어요! 다 찍힙니다! CCTV가 있다고요!"

행정용어와 법률용어를 써가며 말할 수도 있지만, 그게 먹히지 않거나 급할 땐 제일 피부로 와 닿을 법한 생활 언어가 튀어나오는 것 같았다.

　다른 부서에서도 기억에 남는 특이민원이 있었다. 민원 업무 중에 해외의 공인된 기관에서 발급받은 증명서 등의 서류가 필요한 건이 있었다. 그런데 코로나 팬데믹 속에서 많은 국가가 검역과 봉쇄 등으로 행정절차가 느려지면서, 관련된 서류를 발급받으려면 코로나 이전보다는 오랜 시일이 걸리는 상황이었다. 그 민원인은 관련 서류를 발급받지 못한 상태였는데도, 자신의 또 다른 용무를 위해서인지 해당 업무를 당장 처리해 줄 것을 요구했다. 서류는 나중에 보완하겠다고 하면서 말이다. 그러나 그 서류구비는 그 민원을 처리하는 데에 있어서, 가장 중요하고 핵심이 되는 필수 조건이었다. 나중에 보완할 수 있는 성격의 종류가 아니었다. 이런 상황에 대해 특별한 지침이 내려온 것도 없었다. 안타깝지만 그 서류가 없는 한, 업무처리가 불가하다고 안내할 수밖에 없었다.
　그러자 그 민원인은 외국의 영사관 직원에게 전화를 걸어 통화하다가, 갑자기 나에게 전화를 바꿔주었다. 그 직원과 대화해 보니 이미 여러 차례 그 민원인에게 필요한 절차를 안내한 상태였고, 조금 번거롭고 시간이 걸리더라도 그 절차대로 따르면 될 일이었다. 이 민원인은 영사관 직원과 여러 번 통화하면서 대충이라도 무엇을 어떻게 해야 하는지 알고 있었을 듯했다. 그런데도 정말 이해를 다 못해서 이러는 것인지, 아니면 절차 다 무시하고 자기가 원하는 바를 이루려고 이러는 것인지가 헷갈렸다. 중언부언하고 싶지 않았지만, 그분이 좀 더 잘 이해할 수 있게끔 내가 영사관 직원에게서 들었던 사항을 다시 이 민원인에게 설명하려고 했다. 그런데 갑자기 이 사람이 흥분하더니 언성을 크게 높이기 시작했다.

부서 사람들의 이목이 집중됐다. 나와 옆 직원 모두 좋게 얘기해보려고 시도했다. 그러나 그 민원인은 이미 뚜껑이 열린 것 같았고, 급기야 민원대 칸막이를 흔들기까지 하면서 화를 냈다. 보다 못한 다른 팀의 계장님이 민원대 근처까지 와서 한마디하셨다.

"업무처리에는 다 절차가 있지 않습니까. 직원들이 어디 일을 자기 마음대로 할 수가 있나요. 다른 민원인들도 있는데 목소리를 좀 낮춰 주십시오."

그 계장님은 평소에 부서 직원들을 편안하게 대해주고, 유머가 많은 분이었다. 그런데 이런 상황에 나서서 나와 옆 직원의 입장과 노고를 대변해 주는 얘기를 해 주시니 참 감사했다. 잘 보지 못했던 단호한 모습이기도 했다. 그도 그럴 것이, 그 민원인의 목소리가 부서 전체에 찌렁찌렁 울리고 있었다.

그런데 이 민원인은 그 계장님을 노려보면서, 당신이 뭔데 그러냐는 둥 험한 말을 하기 시작했다. 이 민원인이 하도 폭력적인 제스처를 취하니, 계장님 역시 직원은 사람 아니냐며 왜 이렇게 직원들한테 함부로 하냐는 등의 말을 했다. 이 민원인은 자기보다 연배도 한참 위로 보이는 계장님을 마치 한대 칠 듯이 행동했는데, 막 도착해 있던 청원경찰이 이 민원인을 막아서면서 다행히 물리적 충돌은 일어나지 않았다. 난 그저 뜨겁게 달구어진 아스팔트 위에서 화닥화닥 맨 발로 서 있는 기분이었다.

그 민원인은 우리 팀장님, 부서장님과 한참을 면담하고서야 떠나갔다. 소란이 그친 뒤 아까 도와주신 계장님을 찾아가, 본의 아니게 일어난 아까의 소란에 대해 죄송하고 감사하다는 말씀을 전했다. 그 계장님은 네가 죄송할 게 뭐가 있냐며 진짜 이상한 사람이라고, 신경 쓰지 말라고 하셨다. 활활 타오르던 불을 최종적으로 진화해 주신 분은 같은 팀 팀장님이었다. 팀장님께도 같은 말씀을 드렸다. 팀장님은 가슴을 쓸어내리는 손짓을 하더니 하시는 얘기가, 알고 봤더니 저 사람이 이 지역에서 안 좋은 쪽으로 유명한 사람이더라는 것이다. 집안에 지위가 높은 사람도 있고 말이다. 그리고 고생했다며 내 어깨를 두드려주셨다.

그 외에 안 되는 것을 해 달라고 생떼를 부리거나 짜증 짜증을 내다가, 퉁명스럽게 혹은 화내면서 돌아가는 민원인도 있었다. 하지만 특이민원 축에 끼우기 애매하거나 어쩌다가 있는 일이라서 별다를 것은 없었다. 그나마 코로나를 맞으면서 전국적으로 민원대에 투명 가림막이 설치된 것은 민원대에서 근무하는 공무원들에게는 좋은 일이었던 것 같다. 폭언 · 폭행을 완벽히 막아줄 수는 없지만, 조금이나마 심리적인 안정감을 주는 듯했다.

민원실이 있는 부서에서는 언제부터인가 주기적으로, 특이민원 대응 모의훈련을 하게 되었다. 취지는 악성 민원인의 폭언 · 폭행 등으로부터 공무원들을 보호하는 안전한 근무환경을 조성하고, 다른 민원인들이 2차로 피해 입는 것을 방지하기 위함이라고 했다. 이 훈련은 특이 민원인의 폭언 · 폭행 상황이 생겼다고 가정하고, 특이 민원인 진정 · 중재 시도, 녹음 사전고지 · 녹음, 비상벨(112) 호출, 피해공무원 및 다른 민원인들 대피, 가해 민원인 제압 및 경찰 인계 순으로 진행되었다. 한 마디로 민원실의 비상상황 대처 훈련이었고, 경찰서와 연계하여 훈련했다.

결과 보고를 위해서 모의훈련 중인 직원들과 경찰들의 사진을 계속 찍어댔다. 모든 비상벨이 잘 작동했는지도 다시 확인해 보았다. 방문 민원인의 협조하에 모의훈련은 잘 마무리가 되었다. 그런데 나뿐만이 아니라 여러 직원이 모의훈련의 한계를 느꼈다. 특히 직원들이 가해 민원인을 제압한 뒤에 경찰에 인계한다는 부분은 현실과 좀 안 맞는 것 같았다.

보통 행정복지센터에서는 청원경찰이나 안전요원이 따로 없다. 그런 여건 속에서, 만약 가해 민원인이 매우 건장한 남성인데 살기를 띠고 난동을 부리는 상황이라면, 일단 매뉴얼상의 온건한 말투로는 씨알도 안 먹힐 터였다. 어떤 직원이든 간에 그런 사람을 제압하려고 하면, 더 위험한 상황으로 이어질 수도 있었다. 경찰은 테이저건이나 권총이 있지만, 다른 직원들은 그런 게 없기 때문이다. 그리고 매우 드물긴 했지만, 직원들이 녹음을 사전에 고지하거나 비상벨을 누를 경황도 없이 폭행이 일어나기도 했다. 벨을 누르면 경찰이 최대한 빨리 온다고 해도, 경찰이 도착하기 전에 충분히 사달이 날 수도 있는 일이었다. 어떤 직원과 서로 농반진반으로 얘기했다.

"전기충격기로 꼬꾸라뜨리는 정도는 돼야 제압이 될 건데. 그죠?"

특이민원 대응 모의훈련을 통해 기본적인 매뉴얼을 숙지하는 것은, 다양하게 발생할 수 있는 특이민원을 적절히 대처하기 위해서는 필요한 일이었다. 하지만 매우 위험한 상황에 대처하기는 부족한 면이 있어 보였다. 청원경찰이 동에는 배치되지 않는 상황 속에서, 직원들과 다른 방문 민원인들의 안전을 확보할 수 있는 더욱 효과적인 방법은 강력한 전기충격기나 전자충격봉, 호신용 가스총이나 스프레이 정도쯤 되는 장비를 전국 민원실에서 사용할 수 있게 해 주는 것이 아닐까 했다.

　이런 장비 도입과 사용이 당장은 현실적으로 어렵다면, 모의훈련 항목의 순서라도 바꾸는 것이 어떨까 싶었다. 민원인이 이상한 낌새를 보이는 즉시, 맨 먼저 비상벨부터 누르는 것으로 말이다. 별일이 없다면 경찰분들에게 헛걸음이 되는 일이기는 했다. 그러나 최대한의 안전을 모색하고자 한다면, 그편이 더 나을 수도 있다는 생각이 들었다.

- 공무원
- 마인드 세팅

이 시험,
나만 어렵나?

내가 공무원 시험을 준비하고 있다는 얘기를 듣고는, 이렇게 말하는 사람들이 있었다.

"7급 준비해? 아니면 9급? 기왕이면 7급이 좋지 않나? 9급 합격은 1년만 열심히 하면 다 되는 거 아니야?"

대형 학원에서는 저마다, 단기간에 시험에 합격한 사람들을 내세워 광고하고 있었다. 인터넷 카페에서도 단기간에 합격한 수험생들의 수기가 올라오곤 했다.

'나도 빡세게 공부하면, 9급 시험은 1년 만에 합격할 수 있을 거야. 아무리 못해도 2년 안에는 되겠지.'

호기롭게 준비했던 지방 일반행정직 9급 시험에 합격하기까지는 2년이 훌쩍 넘는 시간이 걸렸다. 중간에 슬럼프가 와서 어영부영 시간을 날리기도 했고, 다른 일을 알아보다가 어떤 회사에서 잠깐 일한 적도 있었다. 한번은 건강해져 보겠다고 운동하다가 다쳐서 4개월 동안 거의 누워만 있었다. 수험생활을 시작하면서 생겼던 목디스크 증상이 그 다친 일을 계기로 더 악화되었다. 수험생활을 하기 전 다니던 회사를 계속 다녔어야 했던 건 아닐까 하고 한동안 곱씹어보게 되었다. 그러나 나름 다 사정이 있었고 이미 엎질러진 물이었다. 슬럼프나 다른 일을 한 등의 시기를 제외하고 공부한 기간만 따져보아도 합격하기까지는 꽤 오랜 시간이 소요되었다.

돌아보면 수험기간이 왜 그렇게 길어졌을까 싶었다. 나처럼 자신이 예상했던 기간을 넘겨서 수험생활을 해야 했던 사람들이 있었을 것이다. 일단 저마다 능력치가 달랐을 것이고, 환경의 차이도 있었을 것이다. 그런데 공통적인 이유를 하나 고르라면 공무원 시험을 치를 수 있는 진입장벽이 낮다는 점 때문인 것 같았다.

범법행위를 한 등의 특별한 결격사유가 없는 한 대게 18세 이상이면 누구나 시험에 응시할 수 있어서, 거의 연령 제한이 없다고 볼 수 있었다. 통계상으로 40대 합격자들이 꽤 있었고 50대 합격자들도 있었다. 인터넷으로 전업주부의 합격 수기가 올라오기도 했다. 특정 직렬들을 제외하고는 학력 및 경력에도 제한이 없었다. 성인 누구나 마음만 먹으면 응시할 수 있고, 누구나 독하게 공부하면 합격할 수 있기에 자연스럽게 사람들이 몰리는 듯했다. 전국적으로 보면 꽤 많은 인원을 채용하는 셈이었지만, 각 지자체마다 정해진 인원만 뽑는 상대평가이니만큼 경쟁률은 높아졌다. 시험은 정해진 인원 외의 응시자들을 떨어뜨리기 위한 수단이 되고 있었다. 어떻게 보면 매우 공평한 시험이었는데, 그로 인한 치열한 경쟁 때문에 시험 내용이 난해해지는 면도 있었다.

합격이 어려운 이유까지는 아니더라도, 취업지원대상자에게 주어지는 시험 가점도 있었다. 가산점은 과목별 만점의 5% 또는 10%였다. 선발 예정 인원에 대한 의무 고용률을 둔 저소득 전형과 장애인 전형과는 성격이 조금 달랐다. 옛날에는 이 가산점의 혜택을 받아 7급 또는 9급 공무원이 된 경우가 최근보다는 훨씬 많았다고 한다. 국가유공자의 가족이 10%의 가산점 혜택을 보던 때도 있었다. 그 10%의 가점이 일부 경우를 제외하고 5%로 낮아지게 된 것은 2006년 헌법재판소의 판결로 인해서였다. 요즘은 취업지원대상자가 공무원 시험에 합격하는 비율이 예전과 달리 미미해졌다고 한다. 그런데 총점에서 근소한 차이로 떨어지기도 하는 것이 공무원 시험이었기에, 특정 가점을 아예 받을 수 없는 수험생에게는 경우에 따라서는 미미하게나마 불리하게 작용할 수도 있는 듯했다.

　나의 경우에는 인기 있는 한 지역에만 줄곧 응시했던 영향도 있었던 것 같다. 자신이 원하는 지역과 가까우면서도 합격 커트라인은 좀 더 낮은 지역이 있다면, 그 지역에 응시하는 것도 수험기간을 줄이는 하나의 좋은 전략이 될 수 있다. 그렇게 합격하는 사람들이 꽤 있었지만, 나는 여러 가지 이유로 계속 원하는 지역에 응시하게 되었다.

　면접을 준비하며 만난 여러 지역 예비 공무원들과 같은 지자체 동기들을 통해 좀 더 다양한 수험기간 이야기를 접할 수 있었다. 수험기간은 사람마다 천차만별이었다. 1년 정도밖에 안 되는 시간만 공들여서 합격한 사람들이 있었다. 그들 중 다수는 대학 재학 중이거나 졸업 무렵 혹은 졸업 직후인 경우였다. 반면 합격하기까지 3년 이상 걸린 사람들도 은근히 많았다. 또 별다른 직장생활이나 사회경험 없이, 계속 공무원 시험공부만 한 사람들이 많았다.

　전국 지자체별 합격자의 평균 연령은 대체로 28~30세 사이를 왔다갔다했다. 또 대학 재학 중에 혹은 대학에 입학하자마자 공무원 시험을 일찌감치 준비해서, 비교적 이르게 합격하는 사람들이 늘어나고 있었다. 통계상으로는 40~50대 합격자들이 있었고, 신규 직원 중에 40대가 있다고 하더라는 얘기를 듣기도 했다. 그런데 내 주변에서 흔하게 보지는 못했다. 나처럼 다른 회사에 다니다가 공무원으로 전향한 사람들 역시 있기는 했지만, 그런 경험 없이 바로 공직에 들어온 사람들에 비하면, 상대적으로는 드물어 보였다.

하루는 친척 중 한 분이 자녀의 진로에 관해 내게 진지하게 물어보셨다. 친척 동생은 대학 졸업 후, 나름 괜찮은 회사에 들어가서 수습 기간 중에 있었다. 그런데 나이가 아직 어리니 앞으로 직장생활을 몇 년 해 보고 좀 아니다 싶으면 공무원 준비를 하는 것이 좋겠는지, 아니면 언젠가 공무원을 할 것 같으면 빨리 회사를 그만두고 공무원 쪽으로 방향을 바꾸는 게 좋겠는지 조언해 달라는 것이었다. 가족들 안에서도 의견이 분분하다고 했다. 다니고 있던 사기업이 앞으로 더 좋을지, 공무원이 앞으로 더 좋을지 나로서는 전혀 알 길이 없었다. 다만 나의 경험상, 그리고 주변 이들에게서 보고 들었던 것을 바탕으로 시험에 관한 부분만 어느 정도 내 관점에서 조언할 수 있었다.

만약 공무원이 되고자 한다면 시험에 합격해야 하는데, 회사생활을 몇 년 해 보고 아니다 싶으면 공무원 시험을 쳐 보겠다는 생각은 다소 안일할 수 있었다. 시험 경쟁이 치열한 편인데다가 대학 입학과 동시에 시험 준비를 하는 학생들도 있기 때문이다. 또 회사생활을 해서 사회 물이 든 상태에서는, 안 그래도 힘든 수험생활이 상대적으로 더욱 단절되고 갑갑하게 느껴질 수도 있었다. 시험만 놓고 본다면 하루빨리 시험준비를 하는 것이 나아 보였다. 한 살이라도 어려서 두뇌 회전이 잘 되고 체력이 더 좋을 때 그런 경쟁에 뛰어드는 것이 수험기간을 줄이는 방법 같았다.

더구나 친척 동생은 원하는 분야에서 커리어를 계속 쌓아가겠다는 식의 목표가 분명하지 않은 상태에서 한편으로는 공무원을 염두에 둔 채로 회사에 다니고 있는 듯했다. 그럴수록 차라리 회사를 그만두고 먼저 공무원 시험을 1~2년 정도 열심히 준비해 보는 게 더 낫지 싶었다. 그래도 불합격한다면 그때 가서 공무원 수험생활을 계속할지, 아니면 공무원에 대한 생각과 미련을 깨끗이 청산하고 다른 길로 갈지를 고민하고 말이다. 그러한 생각들을 말씀드렸다. 그 후 친척 동생은 정말 회사를 그만두고 공무원 시험을 준비하더니, 1년 만에 합격했다는 소식을 전해왔다. 또 자신이 속한 지자체에서 맡은 일을 곧잘 하는 듯했고, 지금까지 공무원 생활을 잘 해 오고 있다.

공무원 수험기간은 내 인생에서 손에 꼽을 수 있는 어두운 시간이었다. 시험 첫해에는 근소한 점수 차로 떨어져서, 한 문제만 더 맞혔더라면 합격할 수 있었을 거란 아쉬움과 자책감이 컸다. 그런데 그다음 해에는 합격선과 격차가 더 벌어지게 되었다. 그 후 똑같은 내용으로 시달리는 악몽을 꾸곤 했다. 다시 고등학교에 입학해서 교복을 입은 채로, 교실 책상에 앉아서 시험을 치르는 꿈이었다. 공무원 시험을 보는 마지막 해에는 이번에 떨어지면 수험생활을 완전히 털고 나와서 다른 일을 하기로 마음을 먹고 있었다. 가족들과 상의를 하고, 어떤 일을 할지 대강 계획도 세워 보았다. 그렇지만 그동안 공들인 세월이 아까우니 끝으로 최선을 다해보자는 심정으로 그해 시험을 치렀고, 결과는 합격이었다.

합격한 뒤로, 수험기간 내내 날 괴롭히던 목디스크 만성 통증이 싹 사라지는 신통한 경험을 하게 되었다. 병원에서는 수술할 거리가 아니라고 했지만, 심하게 아픈 날이 많았다. 공무원 생활을 하면서는 아무리 힘들어도 수험생활 때와 같은 통증을 겪지는 않았다. 또 목이 아프면서부터는 오래전부터 취미 삼아 꾸준히 해왔던 운동을 전혀 할 수가 없었다. 그런데 원하던 직업을 가지게 되고, 통증이 사라지면서 좋아하는 운동도 다시 할 수 있었으니 무척 감사하고 행복한 날들을 맞이하게 되었다.

발들이고
물들이고

    신규공무원 임용식에서 임용장을 수여 받고, 발령받은 부서에서 일한 지 2개월쯤 지난 때였다. 신규공무원 합숙 훈련에 참여하라는 안내를 받게 되었다. 그 해 임용된 전 직렬 신규공무원이 일정 기간 외딴곳에서 숙박하며 각종 교육을 듣는 것이었다. 내가 알던 신규 직원들 외에 다른 직원들과도 안면을 틀 수 있어서 좋을 것 같았다. 다만, 공무원 임용 전에 미리 했으면 좋았겠다 싶었다. 내가 한동안 자리를 비우는 것을 팀원들이 약간 부담스러워했기 때문이다. 그러나 안 갈 수도 없고 기왕 가는 거, 재밌게 잘 지내고 오자는 마음으로 참석하게 되었다.

공무원
마인드 세팅

그곳에서는 여러 종류의 강의가 있었는데, 애석하게도 기억에 잘 남는 것은 없었다. 그러나 조별로 게임을 하거나 대결을 벌이는 일은 화색이 도는 즐거운 일이었다. 또 밤만 되면 조별로 혹은 조를 합쳐서 술자리가 많았다. 며칠을 한 방에서 도란도란 이야기를 나누고 웃고 떠들다 보면 금세 친해졌다. 나는 밤 11시쯤에 슬그머니 빠져나왔다. 그렇게 중간중간 나오는 직원들이 있는가 하면, 밤을 꼴딱 새우는 직원들도 있었다. 배정받은 호실에 들어가 누워있어도 이상하게 잠이 잘 오지는 않았다. 그때는 같은 방에 배정받은 직원과 한참 얘기하기도 하고, 나 혼자 베란다로 나가서 밤하늘의 별을 보기도 했다. 산 좋고 물 좋은 곳이라 별이 잘 보였다. 아름다운 경치를 보고 있자니 마음이 고요해졌다. 그리고 잠시 잊고 있었던 그 무렵의 일이 떠올랐다.

부서에서 업무를 맡아 일한 지 얼마 안 되었을 때 나는 압박감으로 밤에 잠을 제대로 못 자고 있었다. 수험생활과는 완전히 달랐고, 다른 회사에서 일하던 때와도 사뭇 달랐다. 일정 기간 업무를 숙지하고 실무에 들어가는 과정이 없이 바로 실무를 해야 했다. 같은 팀에 별다른 사수가 없는 것도 아쉬운 점이었다. 그리고 부서 전체 분위기는 괜찮은 편이었는데, 내가 있던 팀의 분위기는 좋지 않았다. 같은 팀 직원들이 편이 두 쪽으로 갈리며 감정의 골이 깊은 상태였다. 한번은 팀장님이 부서 직원 모두가 보는 가운데 나를 크게 질책한 적도 있었다. 팀장님이 원한 방향은 아니었을지 몰라도 일 자체가 잘못된 것은 아니라고 속으로 생각했지만, 대꾸하기는 어려웠다. 무엇보다도 직원들이 보는데 창피했다.

며칠째 잠을 설치던 새벽, 문득 공무원을 그만두는 것은 어떨까 하는 생각이 들었다. 어렵사리 들어온 직장이었지만, 마음을 짓누르는 중압감 때문에 안 좋은 생각이 들었나 보다. 그 생각이 떨어나가지 않자, 평소에 가장 애장하던 책을 끄집어내어 아무 페이지나 읽어 보았다. 그리고 어떤 삶에서도 크고 작은 어려움은 반드시 맞닥뜨리게 된다는 것을 깨닫게 되었다. 도망친 곳에 낙원은 없다는 말도 떠올랐다. 부딪히고 깨지더라도 할 수 있는 데까지는 해 보는 것이 필요했다.

합숙 훈련이 끝나고도, 그때 같은 조였던 직원들은 한동안 종종 모임을 했다. 다른 조원들 역시 마찬가지였다. 동기들보다 합숙 훈련 조모임을 같이 했던 직원들과 더 친하게 지내는 사람들도 있었다. 동기들이라고 함은 내 기수 대에서는 같은 구에 발령받은 직원들을 그렇게 불렀다. 아무래도 회사도 집도 가깝다 보니 서로 더 빨리 친해지는 것 같았다. 나 역시 그때 자주 보고 연락하던 직원들은 같은 구에 있던 동기들이었다. 그 동기들과는 1박 2일 엠티를 간 적도 있었다. 장을 보고, 바람을 쐬고, 숙소에서 게임과 벌칙을 했다. 뭘 해도 웃음소리가 가득했었다. 언젠가는 이런 모임이 잦아들 것이라는 걸 알고 있었지만, 한때의 시간도 그 시간대로의 값어치가 있다고 생각했기에 즐겁게 녹아들 수 있었다.

처음 공무원 생활을 하면서는 그 당시 부서 직원들이 나를 많이 배려해 주었다는 사실을 잘 몰랐다. 꽤 오해를 한 점들도 있었다. 그러나 인사이동을 하고 시간이 흐르고 나서야, 내가 배려받은 부분을 보게 되었다. 그 당시 팀원들의 관계는 분명 좋지 않았고, 나는 중간에서 샌드위치처럼 끼어서 피해만 보는 것 같았다. 그런데 후에 돌이켜보니 그분들은 그러한 답답한 상황 속에서도 내게 그 영향이 가지 않게 하려고 노력했던 것 같다. 인성이 정말 별로이거나 성격이 나쁜 사람들이었다면, 나에게 부당하게 화풀이를 하거나 일을 떠넘겼을지도 모를 일이었다. 그러나 그분들은 나를 자주 도와주셨다.

업무에 관한 부분에서는 그때는 내 나름대로 불만인 점이 있었다. 하지만 그 부분도 나중에 돌아보니 업무가 과하지 않았던 듯했고, 거기에는 신규 직원이었던 점이 많이 반영되었던 것 같다. 처음에는 까칠하고 무안을 주기도 했던 팀장님이었지만, 나를 진심으로 걱정하는 면이 있었다는 것도 깨닫게 되었다. 간혹, 본인이 예전에 이런저런 업무를 어떻게 해결해 나갔는지에 대해 여러 노하우를 곁들여 알려주기도 했기 때문이다. 그 부서에서뿐만 아니라 앞으로 내가 다른 부서에 가서도 공무원 생활을 잘 할 수 있기를 내심 바라신 것 같다.

첫 부서에서 조금 흥미로웠던 점은 부서장님의 변화였다. 첫 발령 후 3개월쯤은 있는 듯 없는 듯 계시길래 원래 저런 분인가 보다 했다. 그런데 어느 순간부터 조용하시던 부서장님이 직원들 몇 명에게 여러 가지 계획을 알리고 구체적인 지시를 내리면서, 본격적인 활동에 시동을 거는 듯했다. 당황스러워 보이는 직원도 있었다. 그러나 부서장님의 의지와 그 일을 하고자 하는 명분이 확실하다 보니 반박하기가 어려운 것 같았다. 느긋하게만 보이던 그 시간 동안 실제로는 부서 전체 업무를 파악하면서 직원들을 주의 깊게 관찰한 것 같았다. 한마디로 큰 틀을 짜고 있던 걸로 보였다. 왠지 대단하다는 생각이 들었다.

다른 직원들에게는 압박감을 장전하는 카리스마 있던 부서장님은, 신규 직원들에게는 비교적 편하게 대해주셨다. 어쩌다가 출장을 갈 때면 우리를 데려가기도 했다. 점검하고 살펴봐야 하는 출장지가 외곽에 있으면 좋은 경치에 콧바람을 넣으며 기분전환이 된 적도 있었다. 그래도 옆 직원과 나는 다소 뻣뻣하고는 했지만, 부서장님은 이곳저곳 보여주면서 여러 가지를 알려 주셨다. 좋은 직원 소개해 주겠다며 우리에게 애인이나 결혼할 사람이 없냐고 물어보기도 했다. 옆 직원은 없다고 너털웃음을 지으며 얘기했다. 그때는 곧이곧대로 그런가 보다 했다. 하지만 얼마 안 가서 그 직원이 다른 부서 직원과 비밀연애 중임을 알게 되면서, 미혼인 직원들에게 애인 유무를 물어보는 일은 그다지 의미 없다는 생각이 들었다. 나로서는 이때 솔로라고 얘기한 것이 후회되기도 했다. 부서장님이 이후 실제로 한 직원의 프로필을 보여주시면서 참 괜찮은 직원이니 만나보라고, 아주 줄기차게 권유하기 시작했기 때문이다.

공무원 업무 중에는 복잡하고 어려운 일들이 제법 있었다. 나의 경우에는 신규로서 공무원 업무를 처음 하다 보니 중압감이 크게 느껴졌던 것이지, 맡았던 업무가 많이 어렵지는 않았다. 그런데 업무 자체의 성격이 까다로운 것들이 있었다. 예를 들면 인허가 업무 등이다. 인허가에 관련해서는 시시비비가 곧잘 생기는 듯했다. 아무리 법령, 조례 등에 따라서 또 부서장님과 신중하게 상의한 뒤 업무처리를 해도 개인이나 단체가 이로 인해 손해를 입었다고 하면서 여러 수단을 동원해 반발한다면, 딱히 그 반발 자체를 저지할 도리는 없어 보였다. 법령 자체에 다소 애매한 부분이 있다면, 그에 관한 법 해석이 달라질 수도 있었다. 금전적인 손실 외에도 형평성의 이유를 들어서 이의제기를 하기도 했다. 인근 다른 지자체의 인허가 사례와 비교해가며 저기서는 되는데 왜 여기서는 안 되냐며 항의하는 일이 그런 경우였다.

같은 팀의 한 직원에게는 인허가 관련 문제로 소송이 들어왔다. 그 직원은 골머리를 앓으면서 갈수록 수척해져 갔다. 답변서를 어떻게 써야 할지에 대해서 부서장님과 상의하며, 시 고문 변호사와도 자주 연락하는 듯했다. 부서장님은 그 직원에게 이런 건 아무 일도 아니니 걱정하지 말라고 위로를 보냈지만, 아무 일도 아니라고 하기엔 민원인이 손해를 봤다고 주장하는 금액이 내 귀에는 적지 않게 들렸다.

그 후 다른 부서에 있던 동기 한 명에게도 어느 단체가 소송을 제기했다는 얘기를 전해 듣게 되었다. 그 동기는 그 소송 건에 대해 팀장님 및 부서장님과 자주 논의했다고 한다. 법과 절차대로 꼼꼼하게 업무를 처리했다면 크게 문제 될 일은 없었겠지만, 소송이 들어온다는 것 그 자체만으로 어지간히 압박감과 스트레스를 받을 일이었다. 다행히 별일 없이 잘 넘어갔지만, 그 동기가 알게 모르게 얼마나 마음고생을 했을까 싶었다. 남의 일 같지도 않았다. 내가 그 부서에 발령이 나서 그 동기가 했던 업무를 맡았더라면, 내가 겪어야 했을 일인지도 몰랐다. 또 앞으로의 공직 생활에서 그런 일을 마주하지 않으리라는 법도 없었다. 그나마 다행이라고 느꼈던 것은 특정 몇 부서나 일부 유형의 업무들을 제외하면 소송 건은 드물어 보였다.

동에서의 업무도 만만하게 볼 것은 아닌 듯했다. 다른 구의 어떤 동에서는 손해배상 변제와 비슷한 개념으로, 민원인이 받은 피해를 보상하는 차원에서 업무 담당자와 팀장님 등이 몇백만 원을 물어줬다는 얘기가 들려왔다. 문제가 되었던 그 업무는 행정복지센터에서 늘 있는 평범한 업무였다. 담당자가 실수했는지, 아니면 다른 무슨 일이 있었는지는 모르겠으나, 그렇게 민원인에게 몇백만 원을 물어줘야 하는 일이 생길 수도 있구나 싶었다. 시간이 지나고 봐도 드문 일이긴 했지만 말이다.

어느덧 정규 공무원이 되는 날을 앞두고 있었다. 발령받은 지 6개월이 지나면 시보 해제가 되면서 정규 공무원이 되었다. 처음 부서에 왔던 날, 직원들이 환하게 웃으면서 환영한다고 박수를 쳐 주었었다. 그때가 얼마 되지 않은 것 같은데 시간이 벌써 그렇게 흘러가 있었다.

시보가 해제되면 떡을 돌리는 관행이 있었다. 그즈음에는 떡 대신 피자와 치킨 등을 부서에 돌린다는 얘기도 들렸다. 뭘 사야 할지 고민이 되었다. 그래도 '떡'하니 붙었다는 의미에서 떡이 좋을 것 같았고, 다양한 종류의 떡과 음료 몇 병을 주문해 놓았다. 그날이 되자 부서 직원들은 내게 시보가 해제

된 것을 축하한다는 말을 건넸고, 테이블에 빙 둘러서서 시보 떡을 함께 나눠 먹었다.

그 시기는 공무원 조직이 어떤 분위기인지, 업무의 특성이 어떤지를 대강 알아가던 때였다. 신규 직원으로서 때로는 위축되고 긴장되던 일들도 시간이 지나며 점차 익숙해지고 있었다. 다만 앞으로 어떤 희로애락이 펼쳐질지는 다 예상할 수 없었다. 그저 부서 직원들의 관심과 격려 속에서 그날그날 나를 조직 생활에 맞춰 가면서 공무원으로 조금씩 물들고 있을 뿐이었다.

비 오는 날
교통지휘봉을 들고

비가 거세게 오고 천둥 번개가 치는 축제 날이었다. 직원들에게 일괄 나눠 준 우비를 입고 있던 나는 한 손에는 우산을, 한 손에는 교통지휘봉을 쥐고서 차도의 맨 끝 차선에 서 있었다. 맨 가의 차선으로는 일반 차량이 다니지 못하게 하라는 지시가 있었다. 나는 그 차선 위에 서 있다가 그 차선으로 넘어오는 차량을 발견하면 일단 막아서서 옆 차선으로 이동시키는 일을 하는 중이었다. 저 멀리, 나와 같은 구역에 배치된 경찰들도 이리 갔다 저리 갔다 하는 바쁜 모습이 보였다.

신발은 이미 물로 꽉 차 있었고 바지 역시 다 젖은 상태였다. 번개가 우르르 쾅쾅거릴 때마다 내 초라한 비닐우산의 뾰족한 쇠끝으로 번개가 내리꽂히지는 않을까 살짝 겁이 났다. 운전자 대부분은 교통지휘봉이 가리키는 대로 잘 따라주었다. 그러나 바로 내 코앞에 정차하고서는 운전대를 잡은 채 너나 비키라는 듯이 한동안 날 째려보는 사람들도 있었다. 그래도 내가 꿈쩍하지 않자 그들은 구시렁거리며 마지못해 차선을 변경했다.

한참 뒤 차량 운행이 원활해지자, 나는 바로 옆 건물 입구 쪽에 들어가서 계단에 잠시 쭈그리고 앉았다. 신발에 차 있는 물을 비워낼 겸 한숨 돌리기 위해서였다. 공무원은 이런 일도 하는구나 싶었다. 용감해져야 할 것 같았다.

매년 큰 축제가 있는데, 그날은 그 축제 요원으로 차출된 날이었다. 근무하고 있던 동에서는 동대로 큰 행사를 준비 중이었고, 총무팀이 줄곧 신경을 쓰고 있었다. 총무님의 부탁으로 차출 순번이 아니었지만 내가 대신 가게 되었다. 며칠에 걸쳐 열리는 축제인데다가 다른 지역에서 오는 관광객들이 많다 보니 질서유지, 안전, 치안 등을 위해 배치되는 경찰들과 공무원들이 많았다. 임시운행 버스노선 안내, 축제장 위생 점검, 구역별 관광객 안내 같은 일들이 있었다. 축제는 아침부터 밤까지 열렸기 때문에 직원들이 전반, 후반 나뉘어 배치되었다. 내가 배치되었던 날은 하필 날씨가 좋지 않았는데, 그런 날에도 관광객들은 밀려들었다. 비가 오는 가운데 계속 밖에 있다 보니 우비와 우산이 소용없었다.

축제나 행사에 공무원이 동원되는 것은 지극히 당연한 일이라는 것을 점차 알게 되었다. 시 주최 행사나 대회에 참여 인원이 부족할까 봐, 자리를 채우기 위해 동원되는 경우도 있었다. 그 외에 버스노조에서 파업할 때 등 공무원이 투입되는 경우는 다양했다. 비상근무라는 것도 있었다. 폭우나 폭설이 쏟아지거나 태풍이 불면 누구나 집에서 조용히 쉬고 싶을 것이다. 그런 날은 어디 숨고 싶은 것이 인간의 본능 아닐까 한다. 그러나 날씨가 안 좋아지면 어김없이 전 직원에게 문자가 날라왔다. 기상특보(주의보, 경보)에 따라, 전 직원 수의 1/4만큼, 1/2만큼 등 비상근무를 하라는 내용이었다. 부서마다 비상근무 조가 짜여 있어서 직원들이 조 순번대로 비상근무를 섰다.

비상근무 시에는 재해 예방 차원에서, 관할 시설물이나 현장을 미리 순찰·점검하여 무언가 조치해야 할 때가 있었다. 주의보나 경보가 해제될 때까지 혹시나 모를 긴급 상황에 대비하기 위해서 사무실에서 밤샘 근무를 하기도 했다. 긴급사고로 현장에 나가야 하는 일은 드물었지만 어쩌다 있긴 있었다. 대체로 사무실에서 하염없이 대기하는 시간이 많았다. 밤을 새우면 보통 다음날 쉴 수는 있었다. 그러나 예고 없이 닥치는 비상근무가 반가울 직원은 없었을 것이다. 밤샘이 결정된 것이 차라리 속 편할 때도 있었다. 비상근무조가 아니어서 퇴근했는데, 주의보에서 경보로 바뀌어 다시 출근해야 하는 경우가 생길 수 있었다. 별다른 징후가 없어서 맘 놓고 잠들었다가, 새벽 3시에 갑자기 비상소집 문자를 받은 적이 있었다. 반면 기상 상황이 너무 애매해서 집에서 2시간 간격으로 계속 알람을 맞추고 밤새 잤다 깼다를 반복했는데도, 비상근무가 없는 날도 있었다.

축제 때마다 쏟아지는 인파를 보면 대규모 축제의 위력을 새삼 느낄 수 있었다. 사람들이 노란 조끼를 입고 있는 나에게 이것저것 물어보곤 했는데, 전국 전 지역의 사투리를 다 들을 수 있다는 게 신기했다. 축제나 행사는 지역경제에도 도움이 되고 있었다. 그 시기에 다양한 종류의 특산품과 기념품이 대거 판매되기도 했고, 많은 상인이 특수를 누리기도 했다. 코로나 시국에도 어떤 축제가 열린 적이 있었다. 몇 가지 사항을 반복적으로 확인하고 안내하면서 목에서 점점 쉰소리가 났고, 계속 서서 왔다 갔다 하던 발도 욱신거렸다. 그래도 직원들끼리 협심하여 일했기에 배정된 시간을 잘 채울 수 있었다.

공무원이 되기 전에는 나도 친구와 함께 축제에 참여해서 한껏 즐겁게 돌아다니던 때가 있었다. 그런데 이제는 축제가 업무의 한 부분이 되어버려서, 이전처럼 축제를 마음껏 즐길 수 없다는 점이 조금 아쉬웠다. 하지만 마음만 먹으면 따로 시간을 내어, 가까운 사람들과 함께 다시 축제장을 찾으면 될 일이었다. 일하는 직원으로서가 아니라 주민으로서, 그렇게 축제장을 다시 찾는 직원들을 더러 볼 수 있었다.

처음에는 공무원이 차출되는 곳곳에, 각종 용역업체의 전문인력이 파견되는 것이 더 낫지 않을까 하는 생각을 했다. 그런데 용역업체 인력으로 대체가 되는 부분이었다면 진즉 계약하고도 남았을 것이다. 또 이미 그렇게 대체가 된 부분도 있었다. 행사장이나 축제장에는 공무원 외에도 각종 용역업체 직원이나 아르바이트 인력이 배치되기도 했다. 그런데 지자체의 예산은 한정된 데다가, 용역업체를 통해서는 할 수 없는 성격의 일들이 많았던 것 같다. 지자체가 주최하는 축제나 행사의 규모가 커질수록, 다방면에 배치되어 다양한 일을 즉각적으로 책임감 있게 할 수 있는 공무원들의 역할이 커질 수밖에 없었다.

공무원으로서의 사명감과 책임감이 필요하다는 점은 평일 사무실에서보다는, 비상근무로 갑자기 밤을 새우거나 축제나 행사 때문에 주말에 차출되었을 때 피부로 더 와 닿았다. 화창한 날씨에 웃음이 만개한 사람들 속에서 각종 요원이 되어

분주하게 움직이면서 말이다. 현장에 나가서 지역사회를 위한 손과 발이 되는 직원들을 볼 때마다, 충분히 공무원으로서의 자부심을 가져도 될 것 같았다. 많은 차출 업무가 그 지역 공무원이기에 비로소 할 수 있는 일들이었다. 그리고 모두 지역 주민들 또는 지역 발전을 위한 일이었다. 그 무게가 가볍지는 않았지만, 성취감과 보람이 동반되기도 했다. 다만 그러한 일들 역시 업무이니만큼 보상 문제나 운영방식 등 개선해야 할 점이 있다면 이를 계속 고쳐 나가야 할 듯했다.

비 오는 날의 축제장에서 교통통제와 잡다한 일을 마치고 현장을 빠져나오는 길이었다. 잠시 멎었던 비가 다시 세차게 오는 가운데, 여전히 축제를 찾은 차량으로 붐비고 있었다. 공무원들이 하얀 우비를 휘날리며 이리 뛰고 저리 뛰고 하는 모습이 보였다. 어떤 지점에서 모여 있던 직원들은 표정을 보아하니 뭔가 문제가 생겨서 의논하는 듯했다. 여느 때 같았다면 별로 눈에 들어오지 않았을 광경일 텐데, 이제 내가 겪어봐서인지, 그분들의 모습에서 수고로움이 전해져 오면서 동시에 짠한 마음이 들었다. 아울러 지자체 공무원의 역할은 두루두루 다양하다는 것을 다시금 깨닫게 되었다. 그런 역할을 하나하나 수행해 가면서, 지역사회 곳곳에 도움과 보탬이 되는 공무원으로 여물어 가는 듯했다.

의회 정례회의
관문

   늦은 저녁 행정 전산망을 통해서 시의회에서 열리는 회의 장면을 보고 있었다. '좀 있으면 끝나겠지.', '이제는 끝나겠지.' 하면서 기다리던 것이 밤 11시를 넘어가고 있었다. 국장님과 과장님의 초췌해 보이는 얼굴이 화면에 비치기도 했다. 팀장님들이 자료를 가지고 가셨지만, 간혹 직원들에게 전화해서 뭔가를 물어보기도 했다. 내일을 생각해서 집에 가야 하나 말아야 하나 고민되는 밤이었다.

   '지자체도 작은 정부가 맞기는 맞는구나!'라고 실감하게 되었던 시기가 있었다. 시의회의 2차 정례회를 통해서였다. 지자체의 예산이 편성되는 과정을 직간접적으로 살펴볼 수 있었다. 지자체와 지역 의회가 하는 일이 중앙정부와 국회의 역할과 비슷하다는 것을 새삼 느낄 수 있었다. 부서에서는 각종 사업 운영을 위해서 그에 필요한 예산을 배정받아야 했다. 예산을 배정받기 위한 자료들을 예산부서에 제출하면, 예산부서에서는 여러 검토와 논의, 조정을 거쳐서 예산안을 작성했다. 예산부서에서 온갖 서류를 첨부하여 예산안을 의회에 제출하면 의원들이 이를 2차 정례회 기간에 상임위원회, 예산결산특별위원회, 본회의에서 심사하고 의결했다.

한창 코로나로 인해서 재정 상황이 좋지 않은 상황이었던 만큼, 부서마다 염려가 많은 듯했다. 추진 중인 사업의 예산을 잘 따올 수 있을지, 특정 사업의 예산이 삭감되지는 않을지 우려하는 목소리가 나왔다. 타 부서에서는 그간 해 왔던 사업이었는데도 불구하고, 예산 삭감 수준이 아니라 통으로 날아갈 것 같다는 얘기도 들려왔다. 직원들은 팀장님과 과장님의 지시하에, 예산설명서 등 제출해야 하는 자료들을 작성하고 정리하는 데에 더욱 세심한 주의와 노력을 기울였다. 의원들이 질문할 수도 있는 내용을 대비해서 최대한 빠짐없이 관련 자료를 준비하는 일 또한 신경이 많이 쓰이는 부분이었다.

지역 의원분들을 떠올려보면, 뭔가 마주 대하기가 어려운 느낌이 있었다. 집행기관인 지자체를 감독하는 지위가 있어서인지, 공무원 사회 안에서 대체로 그런 분위기였던 것 같다. 의원들은 종종 서면 질의를 했는데, 행정 전반 혹은 특정 영역에 대한 의문 사항을 서면으로 질문하는 것이었다. 의회에서 하는 행정 사무감사와 관련한 자료를 요청하기도 했다. 근무하는 부서나 담당 업무가 연관되어 있으면, 영락없이 그 답변을 위한 자료들을 찾아야 했는데, 그 시간이 오래 걸리는 경우가 있었다. 그런데 어떤 의원들은 지나치게 범위가 넓은 사항에 대해, 그것도 너무 오래전 연도들의 자료를 요구했다. 업무가 많을 때는 그런 일이 부담으로 다가올 수밖에 없었다. 간혹 이게 정녕 필요한가 싶은 부분이 있을 때는 좀 못 미더운 생각이 들기도 했다. 이렇게 어쩌다 일선에서는 의원들의 요청으로 이런저런 잡무가 생겼다.

의원님 중에는 직원들을 배려하고 격려해 주시는 좋은 분들이 있는가 하면, 그렇지 않은 분들도 있었다. 한번은 한 의원에게서 전화를 받자마자 대뜸 고성을 들은 적이 있었다. 인사이동을 한 지 얼마 되지 않은 때여서 이게 무슨 일인가 싶었다. 어안이 벙벙한 채로 화가 나 있는 의원님의 얘기를 한참을 들어야 했다. 예전에 그분의 지역구 안에 설치되었던 조형물에 관한 일이었다.

특정 구간에 길게 이어져 있던 그 조형물들은 밀집한 상가

들 사이에 있다 보니, 인파로 인해서 때가 묻거나 더러워지는 일이 종종 생겼다. 또 그 조형물은 아무리 잘 관리한다고 해도, 재료의 특성 등 여러 가지 이유로 인해서 어느 정도의 변질이 생길 수밖에 없었다. 그러나 그 의원은 그 조형물 구간에 애착이 많아서였는지, 예전부터 눈에 띄게 드러나는 변화를 지속적으로 요구해 왔다는 사실을 후에 알게 되었다. 그런데 좀 답답했던 점은 그 일에 대한 업무분장이 명확하게 되어 있지 않아 보였다는 것이다. 뭉뚱그려서 업무분장을 하자면 코에 걸면 코걸이, 귀에 걸면 귀걸이가 될 수 있었다. 몇 년 전에 이뤄진 그 조형물 공사에 나의 전임자가 연관되어 있어서였는지, 내가 그 의원이 제기한 문제를 처리해야 하는 것 같은 분위기였다.

모처럼 주말에 집에서 쉬고 있는데 문득 그 의원의 불같은 전화가 떠올랐다. 당장은 뚜렷하게 할 수 있는 게 없는 것 같았지만, 걱정되는 마음에 현장에 나가보았다. 그분이 요구하던 사항 중 하나였던 조형물 구간 근처의 차량 진입 통제가 어떻게 되고 있는지를 살펴보았다. 차량을 막기 위해서 바퀴가 달린 대형 화분들이 놓여 있었는데, 상인들이 편의상 위치를 자주 바꾸는 것 같았다. 그러다가 간혹 화분 사이가 꽤 벌어진 상태에 놓이게 되면, 일반 차량이 비집고 들어오는 경우가 생기는 듯했다. 상인들의 입장도 있기 때문에, 그 의원의 요구사항만을 완벽히 이행하기엔 어려운 점이 있었다. 주변 상인들에게 평소 상황이 어떤지 이것저것 물어보고 간단한 환경 정비를 한 뒤 돌아왔다.

그 후 관련 부서를 찾아서 그 의원의 요구사항 일부를 전달했고, 우리 부서에서 할 수 있는 일을 추진하여 실행하기도 했다. 다행히 그 의원님은 더 이상 별다른 말씀을 하지 않았고, 그 일은 그쯤에서 마무리되나보다 싶었다. 그런데 그게 아니었다. 그 의원님이 그 조형물과 관련해서 어떤 주장을 강력하게 피력했고, 이를 반영하는 과정에서 나의 후임 직원이 꽤 고생했다는 사실을 뒤늦게 알게 되었다. 그 의원님 역시 이번 정례회에 참석할 예정이었다.

시의회 정례회가 다가오면서 과장님이 자료 삼매경 속에 계신 모습을 자주 보게 되었다. 예산안을 잘 통과시키겠다는 일념으로, 과장님은 팀장님과 담당자들을 불러 자주 논의하셨다. 그간 부서 사업들을 추진하는 과정에서 실적이 부진했던 원인을 재차 검토했는데, 사업에 걸림돌이 생겼거나 기타 문제가 있다면 이를 타개할 방안이 무엇인지가 중요했다. 직원들에게 추가 자료를 요청하기도 하고, 정례회와 관련된 전화 통화도 많이 하셨다. 정례회를 코앞에 두었을 때는 과장님이 꽤 긴장하시는 듯했다. 크고 중요한 회의니까 으레 그럴

테지 했었다. 그런데 정례회가 본격적으로 진행되면서, 과장 님이 얼마나 큰 심적 부담감을 안고 있었을지를 실감하게 되었다.

정례회 기간에 열리는 각종 회의는 예상외로 너무 빈번했고, 때로는 8시간이 넘기도 하는 등 너무 길었다. 부서별 정책과 사업을 미리 검토한 의원들은 다양한 각도에서 문제점을 제기했다. 날카로운 지적과 질문이 쏟아지기도 했다. 의원들의 각종 질의에 대해 관계 공무원들은 제대로 답변해야 했다. 구청장님, 부시장님, 시장님이 회의장에서 의원들의 질문에 답변하기도 했다.

정례회 기간의 회의는 예전 같으면 별로 관심이 가지 않았을 것이다. 그러나 부서 사업이 통째로 도마 위에 놓인 듯한 상황이 되니 주의 깊게 봐야 했다. 밀려있는 업무처리로 인해서 회의를 줄곧 시청할 수는 없었다. 그러나 차석 주무관님이 생중계 중인 회의를 모니터링하고 있었다. 우리 부서 소관 사항이 나오면 바로 담당 직원 혹은 부서 전체에 전달됐고, 그 즉시 업무를 중단하고 회의에 집중해야 했다. 내가 담당하는 업무에 대한 질문이 나올 때면 머리카락이 쭈뼛거렸다.

그렇게 여러 날이 지나자, 차츰 고생하는 직원들뿐만 아니라 고생하는 의원들도 눈에 들어오기 시작했다. 많은 설명과 답변을 해야 하는 직원들의 어깨도 무척 무거웠겠지만, 다른 한편으로는 지자체의 사업과 예산 전체를 저렇게나 낱낱이 검토하고 살펴봐야 하는 의원들의 역할도 참 막중하고 때로는 힘들겠다는 생각이 들었다. 그분들의 노고를 조금이나마 느끼게 되면서, 상황 파악할 겨를도 없이 내게 언성을 높이던 그 의원분도 이전과는 다르게 보이는 면이 있었다.

회의가 다가오면, 과장님은 느긋하게 혹은 부리나케 자료와 지참물을 챙기시고는 비장한 발걸음으로 회의장을 향하곤 하셨다. 묵직한 공기가 짓누르는 가운데 때로는 폭풍이 지나는 것도 같았다. 그러나 정례회가 잘 마무리되면서 모두 한시름 놓을 수 있었고, 회의 때마다 과장님이 찾으시던 재킷도 옷걸이에 걸린 채 하늘거리게 되었다.

국가유공자
찾기

법원 근처의 구청 민원실은 사람들로 북적였다. 민원인들은 법원에 가져갈 서류를 발급하기도 하고, 법원에서 가져온 서류를 첨부하여 각종 가족관계 등록·변경 신고를 하기도 했다. 등록지준지(본적지)나 주소지가 아니더라도 전국 어느 구청에서나 신고할 수 있는 사항들이 꽤 있어서, 법원에 온 김에 구청에 들르는 사람들이 많았다. 법원에서는 협의이혼 의사확인 후 확인서 등본을 교부하는 요일이 따로 정해져 있었는데, 그날이 되면 이혼 신고를 하려는 사람들이 한꺼번에 몰려오기도 했다. 법무사 직원들도 고객의 위임을 받아서 상속 서류 등을 발급하러 자주 왔다.

이런 업무들이 점차 손에 익어가며 안정을 찾아갈 때쯤, 생소한 공문 하나를 받게 되었다. 보통은 여러 공공기관이나 법원에서 특정 대상자의 서류를 발급할 것을 요청하는 공문이었다. 그런데 국방부와 육군에서 보내온 그 공문은 특정 대상자의 서류발급 요청이 아니라, 특정 대상자를 찾는 것에 협조해 달라는 내용이었다.

찾고자 하는 대상자들은 6·25 전쟁의 공로를 인정받아 훈장 수여가 결정되었으나, 긴박한 전장 상황으로 인해 무공훈장을 받지 못한 참전용사들이었다. 국방부에서는 이 무공수훈자들과 유가족들을 찾기 위해 육군 인사사령부에 조사단을 편성하여 '6·25 전쟁 무공훈장 찾아주기' 사업을 전개하는 중이었다. 무공훈장을 받으면 본인이나 가족이 수훈자의 국가유공자 등록을 신청할 수 있기 때문에, 국가유공자 발굴 사업이라고도 볼 수 있다.

그 대상자들은 육군이 보유하고 있는 수기 병적기록물 등에는 있지만, 현재의 전산시스템에서는 조회가 원활하게 되지 않아서 생사 여부나 주소, 유족 등을 명확하게 알 수 없는 상태였다. 그렇게 된 까닭은 그 당시 병적기록물 상의 성명, 생년월일, 주소지 등에 오기가 많았기 때문이라고 한다. 또 전쟁통에 일부 행정관서에 보관 중이던 호적자료가 불타서 소실되거나, 그간 여러 도시의 행정구역 통폐합 등으로 전산 자료가 변경되면서 추적에 애로사항이 생겼다고 한다. 전쟁 이후 수훈대상자 중에는 기록물에 적힌 주소와는 완전히 다른 지역으로 이사하여 정착하는 이들도 많았다. 주민등록번호 제도가 만들어진 1968년 이전에 사망한 사람들은 주민등록번호가 부여되지 않는 등 보존된 자료가 적어서, 이 경우에도 찾기가 어렵다고 했다.

이런 대상자가 그 당시 전국적으로 대략 5만 6천여 명이었다고 하는데, 내가 속한 관할구로 찾아봐 줄 것을 요청해 온 대상자 역시 그 수가 많았다. 정확한 관할청을 지정하기 애매한 대상자들은 따로 분리해 놓은 자료가 있었고, 이 역시 살펴볼 것을 요청하고 있었다. 전산시스템상으로 조회가 잘 되는 사람들이었다면 지역 상관없이 어디에서나 조회가 잘 되었을 것이고, 이미 본인이나 유가족의 신원 파악이 끝났을 일이었다. 그런 사람들만 있었다면 지자체에 이렇게 협조 요청을 할 필요도 없었을 것이다.

무공훈장 대상자 혹은 이 대상자로 추정되는 사람을 찾는 일은 단순하지가 않았다. 특히 1920년대 전후로 만들어진 제적등본은 전산화는 되어있어도 단지 스캔본으로 등록되어 있었다. 성명, 태어난 날짜, 출생지, 가족 사항, 인적사항 변동,

사망, 특이사항 등이 전부 한자로 되어있었다. 그러한 옛날 제적등본은, 호주 성명과 주소(본적지)를 기준으로 조회 가능했는데, 호주 밑에 있는 가족이나 친척의 성명으로는 해당 제적등본이 조회되지 않았다. 호주 밑에 있는 다른 사람들의 성명으로도 조회가 되는 근래의 제적등본과는 차이가 있었다. 무공훈장 대상자를 찾기가 쉽지 않은 이유 중 하나였다. 게다가 수기 문서이다 보니 글자가 마구 휘갈겨져 쓰여 있으면 무슨 한자인지 알아보기가 힘들었다. 글자들이 깨알 같이 뭉개져 있거나 흐릿한 상태여도 마찬가지였다. 스캔이 깔끔하게 되어있지 않은 경우도 있었다. 자연히 가독성은 떨어졌다. 굳이 꼽으라면, 한자보다는 영어가 좀 더 편했던 나로서는 간혹 '멘붕'이 왔다. 한자를 읽는 것이 아니라 암호를 해독하는 기분이었다.

찾기까지의 과정에는 다양한 방법이 있었다. 한 예를 들면, 병적기록물 대상자의 정보로, 성명 '홍길동', 1925년생, 상세 주소(그냥 동까지만 적힌 주소도 많았다)가 있다면 그 사람의 성명과 주소로 검색해 보고, 그래도 나오지 않으면 성명만 검색한 후 비슷한 주소나 비슷한 생년인 호주의 제적등본을 다 열어서 살펴보았다. 그래도 나오지 않으면 상세 주소 혹은 대략적인 주소를 검색하여 성이 '홍'씨인 사람의 제적등본을 다 열어보았다. 그렇게 찾다 보면 '홍길영'이라는 호주의 손자

(아들, 동생, 조카 등)로 1925년생 '홍길동'이 등재되어 있는 경우가 있었다. 그 '홍길동'씨의 제적 상에 기록된 생일과 본적지 등의 변동사항, 가족 기록 등을 바탕으로 각종 전산에서 조회하다 보면 현재 생존 여부, 가족 사항, 주소지 등을 찾을 수 있었다.

특이하게도 창씨개명한 호주 밑에 있던 대상자들도 있었다. 호주의 본래 성명이 '홍길영'이라고 했을 때, 그 당시의 제적등본에 창씨개명한 성명이 기록되어 있으면, '홍'씨로 조회하면 나오지 않았던 것 같다. 그 당시 '홍(洪)'씨의 성을 가진 사람들은 '남양(南陽)'씨, '덕산(德山)'씨, '홍천(洪川)'씨 등등으로 성을 바꿨다. '홍길영'이라는 호주가 나중에는 다시 본래 성을 되찾게 되었다 하더라도, 그 당시 제적등본을 찾기 위해서는 '남양길영', '덕산길영', '홍천길영' 등으로 검색해야 했던 것 같다. 그러다 보면 추정 대상자를 발견하기도 했다. 마찬가지로 군대기록물 대상자 '이진학'의 부친 사항으로 '이태섭'이라는 사람이 있다면, 그 당시 창씨를 붙여서 '국본(國本)태섭', '조본(朝本)태섭', '산본(山本)태섭' 등등으로 검색해 볼 수 있었다.

대상자들의 성명 자체에 오기가 있어서, 비슷한 한자의 음으로 검색해 보면 조회되는 경우도 있었다. 예컨대 성명 중에 '신(辛)'자가 있으면, 비슷한 한자인 '행(幸)'자나 '재(宰)'자로 검색해 보는 것이다. 그러면 여러 가지 정황상, 기록물의 대상자일 것으로 추측되는 사람들을 발견할 수 있었다. 이처럼 전쟁 당시의 병적기록물과 제적등본 상의 내용이 조금씩 다른 경우가 꽤 있었다. 이 외에도 대상자를 찾는 데는 여러 방법이 있었다. 이리 해보고 저리 해봐서 대상자를 찾고 보면, 본적지나 주소지가 우리 지자체 관할이 아닌 경우도 제법 많았다. 반면에 안타깝지만, 도무지 찾을 수 없는 사람들도 있었다.

그러는 가운데, 조사단 몇 직원들은 수고롭게도 전국 지자체를 일정별로 방문하고 있었다. 우리 구청에도 왔던 그분들은, 무공훈장 대상자들을 찾기 위해 여러 가지 자료와 정보를 대조하는 등의 작업을 했다. 지자체의 가족관계 등록사무는 법원의 위임을 받아서 처리하는 일이었다. 따라서 법원에 정기, 수시의 보고가 이루어졌고, 매년 법원으로부터 감사를 받았다. 제적 전산시스템 등을 조회하려면 법원으로부터 그 권한을 부여받아야 했다. 조사단 직원들이 전국 순회를 할 것 없이 각 법원으로부터 권한을 전부 부여받아서 한 곳에서 편하게 작업하면 되지 않을까 싶기도 했다. 조사단 직원분께 그 점을 얘기해보니 법원에 이미 문의해 보았었고, 다른 방법들도 찾아봤다고 한다. 그러나 여러 가지 제약들과 사유로 인해서 이런 방식이 최선인 상황이라고 했다. 그 후에는 혹 다른 변화가 있었는지도 모르겠다. 조사단은 그렇게 하루인가 이

틀을 이것저것 살펴보고 난 뒤에 다른 지자체로 떠나갔다.

　이 일을 하며 내가 느낀 애로사항은, 무공훈장 대상자로 추정되는 사람들을 찾는 일에 시간이 만만치 않게 든다는 점이었다. 내가 이 작업을 제대로 할 수 있을지 부담감과 의문이 들었다. 그렇지 않아도 멀지 않은 곳에 법원이 있었다. 법원의 영향력은 커서, 다른 구청의 같은 팀보다 민원 처리량이 월등히 많았다. 같은 부서의 여권 업무의 경우에는 코로나 시국이 되면서 민원인이 갈수록 뜸해져 갔다. 코로나로 많은 나라가 국경을 봉쇄하던 시기에는 하루에 여권 관련 민원인이 열 명은 오나 싶은 정도의 날들이 이어지기도 했다. 반면, 우리 팀의 업무는 전혀 줄지 않았다. 바쁘게 업무처리를 하다가 잠시 고개를 들면 이쪽은 북새통인데 저쪽은 휑했다. 의식하지 않으려 했지만, 은연중에 비교되기도 했다. 하지만 내가 발령받은 곳은 이곳이었고, 옆에 여권 담당 직원들은 누구나 그렇듯 코로나라는 재앙이 닥칠 줄 몰랐다. 내가 다른 구청에 발령받았다면 혹은 같은 부서 여권 담당이었다면 반대의 입장이었을 것이다. 그러나 그렇지 못하니 그저 내가 맡은 일에 최대한 집중하는 수밖에 없었다. 다른 한편으로는 무공훈장 대상자를 찾는 대로 찾는다는 것이, 어디까지가 적정선인지 판단하기가 어렵고 막연하게 느껴졌다. 정보가 부족한 상태에서 완벽하게 샅샅이 조회하는 것에는 한계가 있을 수밖에 없었다. 다른 구청 직원에게도 한번 물어보니, 그 직원 역시 다소 회의적인 생각을 하고 있었다.

간혹 민원 업무가 산적할 때면 이 일을 대충 하고 싶은 내적 갈등이 있었다. 하지만 무공훈장을 받지 못한 사람들과 그 유족들의 입장을 떠올려보면, 소홀히 할 수는 없는 일 같았다. 옛날에 무공수훈자로 지정이 되었다면 더 좋았겠지만, 지금이라도 국가에서 대상자를 발굴하여 본인이나 가족들에게 소정의 혜택을 줄 수 있다면 사명감을 가지고 적극적으로 찾아야 한다는 생각이 들었다. 여러 사람에게 도움이 되기를 바라는 마음으로 매일 꾸준히 작업했다. 조회가 잘 안 되는 대상자를 어렵게 찾았을 때는 희열감이 느껴지기도 했고, 이렇게 찾게 되어 다행이라는 생각도 들었다. 그렇게 찾은 자료들을 기한에 맞춰 조사단에 제출하게 되었다.

그 후 한두 달쯤 지나 여느 때와 다름없는 시간을 보내던 중에, 육군으로부터 전혀 예상하지 못한 감사장을 받게 되었다. 다수의 무공수훈자 및 유족 확인을 통해서 6·25 전쟁 무공훈장 찾아주기 사업에 기여한 것으로 보이는 전국 지자체 직원들에게 주는 것이었다. 포상자 목록을 보니, 다른 지자체에는 감사장 외에 다른 상을 받는 직원들도 있는 듯했다. 전체 포상 인원은 어렴풋이 15명 내외였던 것 같다. 그동안의 노력이 결실이 있었던 것 같아서 뿌듯했고, 더 많은 대상자를 찾을 수 있게 도와준 옆 직원에게도 고마웠다. 무척 뜻깊고 기분 좋은 감사장이었다.

뜻밖의
칭찬

공무원이 되기 전에는 공무원이 주는 이미지를 생각해 보면, 친절함과 상냥함이 퍼뜩 떠오르지는 않았다. 한동안은 그와 반대되는 불친절한 모습이 떠오르기도 했다. 다른 지역에 거주하고 있을 때, 억울하게 과태료를 내게 된 일이 있었다. 그래서 담당 공무원을 찾아갔더니 올 때 갈 때 전혀 인사말도 없고, 얘기하면서 눈도 잘 마주치지 않고, 자기 할 말만 하는 것이었다. 내 얘기는 제대로 들어볼 생각이 없어 보이는 쌀쌀한 태도에 기분이 상했었다.

그 직원에게서는 찾아보기 힘들었던 친절의 의무가 공무원에게 있다는 것을, 후에 공무원 시험과 면접 준비를 하면서 알게 되었다. 친절 의무란 국가(지방)공무원법에 규정되어 있는데, 공무원은 국민 전체의 봉사자로서 친절하게 직무를 수행해야 한다는 것이다. 공직에 들어오기 전에는 나도 공무원보다는 그와 마주하는 시민의 입장에 가까웠던 터라, 친절 의무가 참 중요해 보였다.

하루는 행정복지센터를 방문해야 하는 일이 생겼다. 내 차례를 기다리고 있는데 여러 공무원 가운데 한 직원이 민원인을 대하는 표정과 목소리가 어찌나 밝은지, 슬쩍 보고 있는 나까지 기분이 좋아지는 것 같았다. 하지만 개중에는 왜 저렇게 심각한 표정으로 앉아 있을까, 왜 저렇게 퉁명스럽고 딱딱하게 민원인을 대할까, 의문이 들게 하는 직원도 있었다. 같은 곳에서 누구는 친절하고, 누구는 그렇지 못한 모습을 번갈아가며 보고 있는데, 어느 직원을 보느냐에 따라 내 마음의 온도 차가 확연하게 달라짐을 느꼈다.

공무원이 되고 한동안은 나도 민원인 입장에서 먼저 생각하는 상냥하고 친절한 직원이 되고자 노력했다. 그 마음이 어느 정도는 겉으로 표가 났던 것 같다. 어느 날 몸이 불편하신 할머니가 부서를 방문하셨다. 사무실 중앙 테이블 의자로 할머니를 부축해 드린 뒤, 어떤 일로 오셨는지 여쭤봤다. 할머니는 필요한 것들을 얘기하며 어떻게 하면 되는지를 물어보셨고, 나는 하나씩 천천히 설명해 드렸다. 그러자 할머니께서는 떨리는 손으로 비뚤비뚤 글을 쓰기 시작하셨다. 나는 잠깐 기다리시라고 한 뒤, 할머니께서 보기 좋으시도록 할머니께 필요한 사항들을 큰 글씨로 워드에 작성하여 출력해 드렸다. 그리고 다시 한번 전체적인 설명을 했다. 나중에 가실 때가 되자, 할머니께서는 이렇게 친절한 직원은 못 봤다면서 연거푸 고맙다고 말씀하셨다. 그러면서 이대로 갈 수 없으니 어떻게 하면 칭찬하고 싶은 직원에게 혜택을 줄 수 있냐고 물어보셨다. 나는 할 일을 했을 뿐이니 전혀 안 그러셔도 된다고 말씀드렸다.

그러는 중에 할머니 눈에 들어온 것이 출입구 근처의 낮은 책장 위에 놓인 시민 소리함이었다. 그 시민 소리함 옆에 있던 메모지를 하나 뽑으시더니, 꼬부랑 글을 쓰기 시작하셨다. 사실 부서에 있던 그 시민 소리함은 나도 그 용도를 정확히는 몰랐다. 그런데 차마 할머니께 수고를 안 하셔도 된다는 말은 하지 못했다. 그럼 저 시민 소리함은 왜 있나 싶을 것이고, 어쩌면 부서 내에 관리하는 직원이 있을 수도 있었다. 여하튼 할머니께서 무척 고마워하시니 나도 감사한 마음이 들었다.

한번은 나도 모르게 공무원 전화친절도 조사를 받은 적이 있었다. 전화친절도 조사는 지자체에서 의뢰한 외부 전문 기관에서 민원인으로 가장하여, 공무원 일부에게 무작위로 전화하는 방식으로 이뤄졌다. 그 기관에서 공무원들의 전화 응대 서비스를 여러 가지 항목에 따라 평가했다. 평가를 받은 직원의 점수를 그 부서의 점수로 간주했던 것 같다. 부서 차석 주무관님이 전화친절도 조사 기간이니, 전화 응대에 각별하게 신경을 쓰라는 말을 직원들에게 했었다. 그러나 민원 응대를 하다 보면 그걸 잘 의식할 겨를이 없거니와 누가 민원인 흉내를 내고 있다는 느낌도 받지 못했다.

나중에 조사기관 직원들이 부서를 방문하여 피드백하는 과정에서, 내가 피평가자였고 꽤 높은 점수를 받았다는 것을 알게 되었다. 조사한 분들이 건네준 평가표를 보니 세세한 평가 항목마다 그에 따른 점수가 매겨져 있었다. 전반적인 평가는 전화 연결 내내 친절하였고, 추가적인 질문에도 잘 응대한 것으로 되어있었다. 전화로 문의받았던 사항이 특정 사업장을 운영하는 업주여야지만 질문했을 법한 내용이어서 전혀 눈치채지 못했던 것 같다.

그런데 언제부터였을까, "안녕하세요~"하며 민원인을 맞이하는 인사를 하는데 내가 들어도 내 목소리가 예전과 같지 않았다. "안녕히 가세요"라는 인사말 역시 힘이 빠져 있었다. 반복적인 업무들을 하다 보니 점차 매너리즘에 빠지게 된 걸까 싶다가도, 업무에서 오는 매너리즘 때문만은 아닌 것 같았다. 공무원 생활을 하다 보면 직속 상사와 부서장님, 다른 직원들, 기타 여러 단체 사람들과의 관계에서 신경 써야 하는 일이 늘 있었다. 어떤 곳에서 일하든지 조직 생활을 하면서는 어느 정도 자연스러운 부분이기도 했다. 하지만 그런 관계와 그로 인한 일에 치우치게 되면, 민원인을 대하는 부분이 너무 사무적으로 흐를 수도 있는 듯했다. 업무량이 많아서 그것을 처리하느라 급급할 때도, 마찬가지의 경우가 생길 수 있었다.

'그래도 별문제 없이, 이만하면 됐지 뭐.'하며 행정복지센터에서 근무하던 때였다. 시간선택제 신규 직원들이 들어와서 같은 행정민원대 업무를 하게 되면서, 모든 업무를 알려 주던 시기였다. 내가 민원처리를 하고 있으면 그 직원들이 옆에 와서 이것저것 보고 배우곤 했다. 그런데 어느 날 그중 한 직원이 무심코 내게 이런 말을 했다.

"주무관님이 일하시는 모습은 정말 기계 같아요. 사람이 아닌 것 같아요."

그 직원이 부정적인 뜻으로 한 말은 아니었다. 한 치의 오차도 없이 일하는 나의 모습, 어쩌면 무미건조하고 딱딱했을 그 모습을 매일 보면서 떠올랐던 단어가 '기계'였던 것 같다. 그 직원이 나를 기계로 느낀 것에는 내가 처해있던 배경의 영향도 있다고 생각했다. 신규 직원들이 오전, 오후 나뉘어 출근하다 보니 오전에 했던 말을 오후에도 똑같이 되풀이하고 있었다. 또 그들이 민원 업무에 숙달되려면 그들이 실제로 민원인을 응대할 때 종종 옆에서 지켜보다가, 갈팡질팡 헤매고 있으면 길을 알려줘야 했다. 그때마다 민원인에게 양해를 구하거나, 민원인의 심기를 건드리지 않는 등 주의가 필요했다. 이렇게 자주 긴장하면서 짚어주고 알려주다 보니, 직원들과 농담도 잘 못 했던 것 같다.

그러나 기계 같다는 말은 계속해서 내 뇌리에 떠돌았다. 업무를 알려주는 것과 일에만 너무 집중한 나머지, 놓친 부분이 있는 것 같았다. 다른 한편으로는 민원인들 역시 나를 기계적으로 느끼지는 않았을까 의구심이 들었다. 공직에 들어오기 전에 감정이 메말라 보이는 딱딱한 공무원을 보고 저런 모습의 공무원은 되지 말아야지 했었는데, 혹시 내가 그렇게 변해가고 있는 건가 하면서 말이다. 이런 고민은 내가 주변 직원들에게 좀 더 유쾌해져야겠다고 생각하고, 민원인들에게도 좀 더 친절해야겠다고 다짐을 한 계기가 되었다.

시간이 흘러, 신규 직원의 민원 응대 실력이 능숙해졌을 무렵이었다. 한 직원이 나에게 뜬금없이 축하한다는 말을 건넸다. 내가 영문을 몰라 하니, 지자체 홈페이지 칭찬 게시판에 나를 칭찬하는 글이 올라왔다는 것이다. '엥? 내가 칭찬받을 일이 있었나? 딱히 그럴 일이 없는데…' 하며 게시판을 들어가 보니, 내가 최근에 어떤 업무에 대해 여러 가지를 설명해 드린 민원인이 쓴 글이었다.

그분은 처음 해보는 일인 데다가 행정용어도 생소해서 모든 게 낯선 상황이었다고 한다. 그분이 원하는 업무처리는 관할지에서만 가능했는데, 우리 동은 그분의 관할지가 아니었다. 비록 우리 동에서는 처리할 수 없는 일이었지만, 나는 그분 입장에서 가장 빠르게 업무가 처리될 수 있을 만한 방법들을 설명해 드렸었다. 다행히 그분은 제출 기한을 넘기지 않고 관계기관에 서류를 제출할 수 있었고, 내가 자세하게 설명해 주었던 것에 대해 고마운 마음을 전하고 있었다.

평소 약간 시니컬하던 동장님이 그 글을 보시더니 "아는 사람이 글 써 준 거 아니에요?"라며 우스갯소리로 얘기하셨다. 동장님의 다소 인자한 표정과 올라갈 듯 말 듯 한 입꼬리를 보니, 그래도 나의 업무 태도를 어느 정도는 흡족해하시는 것 같았다. 지극히 당연한 일을 했을 뿐이었는데, 민원인께서 그렇게 칭찬 게시판에 글까지 써 주시니 오히려 내가 감사한 마음이 들었다. "너무 친절하게 하지 마요~ 민원인들이 다른 동에 가려다가도 주무관님 있는 곳에 우르르 오면 어쩌려고요." 라고 어떤 직원이 농담을 던졌다. 그래도 민원인 입장에서는 가까운 동이 최고인 것 같았다. 그다음은 기다리는 줄이 짧은 곳이 아닐까 했다. 개중에는 친절한 직원이 있는 동에 찾아갈 민원인도 있겠지만 말이다.

 친절함은 때로는 별로 중요한 것이 아닌 것처럼 여겨질 수
도 있다. 그런데 그 친절함으로 누군가의 마음을 조금이라도
훈훈하게 해 준다면, 일하면서 만나는 사람들에게 내가 할 수
있는 좋은 일 중 하나가 될 수 있다. 이렇듯 단순히 친절 의무
를 실천한다는 직업적인 면을 떠나서 인간적으로 느끼게 되
는 보람이 있었다. 설령 아무도 알아주거나 인정해 주지 않는
다고 하더라도, 친절한 직원이 되고자 노력했던 그 시절의 나
는 공무원으로서의 행복감을 많이 느낄 수 있었다.

실적 만들기
미션

코로나로 한창 시끄러울 때였다. 어떤 이들은, 코로나와 크게 관련 없는 부서의 공무원들은 무슨 바쁠 일이 있겠냐고 생각했을지도 모른다. 물론 코로나와 직결된 부서 직원들은 맹렬하게 들볶이는 상황이었다. 그런데 그렇지 않은 부서에서도 때로는 코로나로 인해 일이 늘어나기도 하고, 코로나와 상관없이 바쁘기도 했다. 또 시청의 경우에는 많은 부서가 실적에 목말라 있었다. 어떤 상황에서도 가시적인 성과를 내야 한다는 압박감이 있는 듯했다. 우리 부서장님 역시 실적·성과 면에서, 다른 부서와의 경쟁에서 밀리지는 않을까 하는 스트레스를 늘상 받고 계신 것처럼 보였다.

그 무렵 나에게는 문의 전화가 계속 이어지고 있었다. 맡았던 업무 중 하나가 특정 업체들에 지원금을 주는 사업이다 보니, 아무래도 사람들의 관심이 많았던 것 같다. 게다가 그해에 우리 지자체는 다른 지자체보다 이 지원금 액수가 더 컸다. 코로나 이전에도 이 지원금 사업이 있었지만, 코로나 시국이 지속되면서 그 금액을 대폭 늘린 상태였다. 그만큼 신청업체가 대거 몰리게 되었다.

일하는 초반에는 이런 시혜적 성격의 사업이 과연 지자체에서 목표로 하는 시책 달성에 얼마만큼의 효과가 있는 것인지 의문이 들기도 했다. 각종 지원금 관련 예산은 모두 시민의 세금이기도 했다. 그런데 거의 모든 지자체에서 오래전부터 이와 비슷한 사업을 해 오고 있었다. 또 일을 진행해 나가면서 이 사업의 긍정적인 면도 발견하게 되었다. 업체들은 지원받은 금액을 넘는 비용을 소비·지출하기도 하는 등 지역 상권에 도움이 되고 되었다. 업체들의 활동과 그로 인한 영향력 역시 이 사업의 효과이자 성과라고 볼 수 있었다.

이 사업의 신청업체들은 미리 사전 계획서를 제출해야 했고, 나는 그걸 살펴보며 업체들과 여러 사항을 조율하곤 했다. 업체들은 각종 활동을 하고 난 뒤 결과 자료를 제출했는데, 지원금을 지급하는 일이니만큼 이를 꼼꼼하게 확인해야 했다. 그런데 제출한 자료마다 빠진 부분이나 보충해야 할 부분이 있었고, 보완을 요청하는 과정에서 설왕설래가 이어지기도 했다. 어떤 업체들은 적합한 결과물을 받을 때까지, 부실한 자료에 대한 수정 요청을 끊임없이 해야 했다. 정해진 조건에 맞는지 안 맞는지 샅샅이 검토하고, 조건에 맞으면 그 이후의 절차대로 처리하는 일이 반복되었다. 어느 순간에는 서류 속에 파묻혀서 서류와 물아일체가 되는 느낌이었다. 내 피부는 푸석푸석 건조해져 갔다. 그 와중에 적잖이 안도가 되었던 점은, 신청업체가 많고 나가는 지원금도 많으니 이것도 실적이라면 실적 아닌가 해서였다.

그러던 어느 날, 한 공공기관에서 전국 지자체에 보낸 공문을 받게 되었다. 지원금 같은 혜택은 없지만 대대적으로 지자체 홍보를 해 줄 테니 해당 공모에 지원하라는 내용이었다. 꽤 많은 곳이 선정될 예정이었다. 평소에 공문을 하나하나 놓치지 않고 확인하시던 부서장님은 아니나 다를까 이 공문 역시 유심히 본 것 같았다. 부서장님은 나에게 이 기관에 제출할 대상지를 물색해서 추천서를 잘 써보라고 하셨다.

다만 공모라고는 해도, 대규모 공모 사업에 비할 바는 못 되었다. 국가 각 부처나 공공기관에서는 지자체를 대상으로 해마다 다양한 사업에 대한 공모를 해왔다. 공모에 선정되면 때로는 몇천만 원에서 몇십억 원에 이르는 지원금을 받기도 했다. 그런 굵직한 국비 공모 사업에 도전하는 일은 주로 전문 임기제 직원이나 베테랑 직원이 담당하는 것 같았다. 우리 부서에서도 몇 직원이 이런 국비 공모 사업에 관련된 업무를 추진하고 있었다.

이런저런 아이디어를 내고 무언가에 도전해 본다는 것은 기존에 해 오던 업무와 달리 새삼 흥미롭게 느껴졌다. 퇴근하고 집에 와서도 이런저런 구상이 계속 떠오르는 것이, 신기하면서도 들뜨는 일이었다. 일을 통해서도 뭔가 재미를 느낄 수 있구나 싶었다. 그렇지만 전국에 다양하고 특출난 대상지가 넘쳐나고 있었다. 여러 가지 조건에도 부합해야 했다. 또, 내가 생각하고 있던 대상지는 한 번도 선정된 적이 없는 곳이었다. 자료를 찾는 게 쉽지 않았지만 어찌어찌 기한에 맞춰서 공모에 신청하게 되었다.

그리고 별다른 기대를 하지 않고 있었는데, 우리 지자체의 대상지도 선정 목록에 들게 되었다. 선정 사실을 공문으로 접하기 전에 어떤 기관의 직원이 우리 팀장님에게 전화해서는, 좋은 소식이 있다면서 이 내용을 먼저 알려주었다. 주변 반응을 보니 소소하게나마 실적은 맞는 듯했다. 규모는 작아도 새로운 성과가 있으면 작은 대로나마 부서에서는 반가운 일이 되는구나 싶었다.

서면 심사로만 이루어졌던 그 건과는 달리, 방문 심사까지 덧붙여 이루어졌던 공모도 있었다. 이전과 비슷한 주제를 가지고, 비슷한 공공기관에서 진행한 공모였다. 이전보다 규모가 훨씬 작고 경쟁률이 낮았는데도, 서면 심사를 통과하면 방문 심사를 거쳐야 했다. 작성해서 제출해야 하는 자료의 양도 이전보다 더욱 많았다. 저번에 공모에 선정된 일로, 부서장님과 팀장님은 이번에도 기대를 하시는 듯했다. 심지어 팀장님은 미소를 띤 채 이렇게 얘기하셨다.

"이번엔 경쟁률이 낮으니까, 우리 시는 당연히 통과 아니겠어!"

평소에 팀장님은 압박하는 스타일이 아니었기에, 이 말씀은 기대감을 농담조로 드러낸 것이리라 믿고 싶었다. 하지만 살짝 마음이 복잡해졌다. 경쟁률이 낮은 곳에서 떨어지는 것이, 모양새가 더 이상해지는 것 같았다. 더구나 겨울을 앞둔 상황에서 조건들에 부합하는 적당한 대상지를 찾는 것도, 이를 설득력 있게 전달하는 일도 잘 될까 싶었다. 역시나 다른 지자체에 경쟁력 있는 대상지가 많았다. 그래도 서면 심사에 통과해 보겠다는 일념으로, 여러 날 야근을 하면서 자료를 모아 추천서를 작성했다. 그리고 신청한 대상지가 1차 선정이 되면서, 2차 방문 심사를 준비하게 되었다. 우선 이 대상지를 관리하는 시설 직원들에게 연락하여 관련 내용을 전하고, 심사위원들 방문 건에 대한 협조 요청 공문을 보냈다. 그리고 출장을 가서는 어떤 동선으로 심사위원들을 안내해야 할지, 어떤 부분을 어필해야 할지 등을 그곳의 직원들과 미리 상의해 보았다.

방문 심사일 당일이 되니 심사위원들을 맞이한다는 것이 설레면서도 다소 긴장되는 일이었다. 처음에는 집에서 일어나면 바로 심사 대상지로 차를 몰고 갈 예정이었다. 그런데 회사에 잠시 가봐야 할 일이 생기면서 시간이 약간 빠듯해졌다. 조급해진 마음에 아파트 주차장에 부리나케 내려가서 운전대를 잡았다. 서둘러서 차를 빼는데 갑자기 묵직한 흔들림이 느껴졌다. 아뿔싸 싶었지만, 이미 차 뒤쪽이 그만 벽기둥에 긁힌 뒤였다.

평소에는 좌우를 잘 살피며 나오기에 이런 일이 없었다. 그런데 그날은 머릿속에 온통 일 생각, 특히 방문 심사에 대한 생각으로 가득 차 있는 상태에서 부랴부랴 움직이다 보니 부주의했던 것 같다. 그래도 다른 차량과의 접촉이 아니었고 벽기둥도 이상이 없어 보여서 그나마 다행이었다. 엉클어진 마음을 재빨리 가다듬고, 회사를 들렀다가 곧장 심사 대상지로 운전해 갔다. 사전답사 때 만났던 그곳 직원 한 분도 안내와 설명을 돕기 위해 정문에 나와 있었다. 우리는 서로의 부서 근황에 대한 이런저런 얘기를 나누며 심사위원들을 기다렸다.

공무원
마인드 세팅

얼마 후 작은 버스가 아닌 대형 버스가 주차장에 나타났다. 코로나 예방 차원에서 좌석 간격을 넓게 하기 위해서였던 것 같다. 버스에서 내린 심사위원들은 6~7명 정도였다. 인사를 반갑게 나눈 뒤, 다 같이 심사지를 탐방하기 시작했다. 시야가 탁 트인 전망대가 있는 건물에 올라가 보기도 하면서 여러 건물의 내부를 둘러보았다. 이곳이 예전에 한 유명 방송 프로그램에 방영되었던 점과 그 외의 특색·장점을 어필하며 안내를 이어나갔다. 야외 장소를 둘러보거나 오가고 할 때는 제법 쌀쌀한 날씨임에도 마음은 상쾌해지는 기분이었다. 이곳저곳 찬찬히 살펴보는 심사위원들의 표정이 그리 나쁘지 않았다.

함께 있던 시설 직원분은 심사지 구석구석 흥미로운 점들을 하이톤으로 재치있게 설명해 주셨다. 내가 몰랐던 정보들이 여럿 있었고, 그분의 목소리가 내 귀에 쏙쏙 꽂히는 것이 없던 관심도 생겨나는 것 같았다. 심사위원들 역시 그분의 얘기를 귀담아듣는 모습이었다. 덕분에 중간중간 심사위원들과 담소를 나누며 웃을 수 있었다. 둘러볼 곳이 여러 군데라 시간이 꽤 걸렸지만, 지루한 느낌이 들지 않았다.

탐방 중에 심사위원 몇 분은 이 심사지가 더욱 발전하기 위해서 이런저런 사항의 개선이 필요하고, 이런저런 성격의 사업을 해야 한다는 얘기를 꺼냈다. 그 내용을 듣고 보니, 우리 부서장님이 평소에 하시던 얘기와 비슷했다. 그렇게 발전될 모습을 상상해보니 지금도 멋진 곳이지만, 나중에는 더 멋진 곳이 될 수 있겠다 싶었다. 어느덧 심사는 끝났고, 서로들 마지막 인사를 나누었다. 나와 시설 직원분의 배웅을 받으며, 심사위원들은 버스를 타고 떠나갔다. 나로서는 애정을 가지고 노력했던 만큼 좋은 결과가 있었으면 하는 바람이었다. 그리고 몇 주 뒤 우리 시 대상지가 2차 심사를 통과하여 최종 선정 목록에 포함되었다는 공문을 받게 되었다.

한동안 자동차의 뒷 바퀴 윗부분이 약간 파이고 기스가 나 있었다. 원형복구와 도색을 해야 하는데, 바쁘다는 핑계로 계속 그 상태로 차를 몰고 다녔다. 까만 기스 자국을 볼 때마다, 공모전 심사위원들이 방문 심사를 하러 왔던 날이 떠올랐다.

'그때 그렇게까지 애쓰면서 서두를 필요가 없었는데…', '좀 느긋했더라면 차가 저렇게 될 일도, 이래저래 돈 나가는 일도 없었을 텐데…'하는 안타까움이 있었다. 그러나 이내, '그래, 그때 나 진짜 열심히 일했지!'라는 생각이 들었다.

그 후 자동차를 수리하면서, 눌리고 기스 난 부분은 사라졌지만, 열의를 가지고 일했던 날들은 흐뭇한 추억으로 남게 되었다.

축하
전화

"고생 많았지, 승진 축하해요!"

이 일 저 일 분주한 가운데, 전화가 오는 대로 급히 받고 보면 모두 평소와 같은 업무 전화가 아니었다. 7급 승진예정자 명단에 내가 있는 것을 보고, 이를 축하하기 위해 걸려 온 전화였다. 이전 부서에서 함께 근무했던 계장님들과 주무관님들이 많이 축하해주셨다. 전화뿐만이 아니었다. 지자체용 메일이나 메신저를 통해서 축하의 글을 보내는 직원들도 있었다. 같은 부서에서는 평소 과묵하던 직원도 내 어깨를 툭 치며 축하한다고 하기도 하고, 진급을 같이할 예정인 동기들끼리 서로 축하를 나누기도 했다. 계속 이어지는 축하에 정말 황송하기도 하고, 이렇게까지 많이 축하받을 일인지 어리둥절하기도 했다. 그러나 그동안 내가 이 승진을 무척 바라왔다는 것만은 분명했다.

　승진을 위해서는 승진심사 과정을 거쳐야 했다. 인사위원회에서 승진후보자명부 및 기타 사항을 심의하여 승진대상자를 결정했다. 승진 티오의 몇 배수의 인원을 승진심사 대상자로 지정하지만, 대체로 승진후보자명부 순위대로 승진하게 되었다. 그 경우 승진은 티오 만큼 즉, 일정한 순위 안에 들어야 가능했다. 그 순위에 들지 못하면 다음 승진심사를 기다리며 같은 곳에 더 머무르게 될 수도 있었다. 참고로 근속승진 제도가 있어서, 일정 기간 근무연한을 채우고 기타 조건이 맞으면, 자동으로 승진이 되는 경우도 있었다.
　보통의 직원들처럼, 내게도 승진은 신경이 쓰이는 부분이었다. 더구나 시청에 근무하고 나서부터는 이 승진에 대한 마음이 간절해졌다. 시청이 아닌 곳으로 발령 날 수 있었기 때문이다. 흥미롭고 성취감이 느껴지는 일들도 있었다. 그러나 전혀 그렇지 않은 일들이 더해진 업무의 홍수 속에 있게 되자, 어느 순간부터 시청을 벗어나고 싶었다. 간혹 인사 고충을 호소하여 하향전보가 되면서 시청을 벗어나는 직원들이 있었다. 여러 사유가 있겠지만, 주로 자녀 양육 사유로 하향전보

신청을 하여 구청이나 동으로 내려오는 것 같았다. 시청에 발령받은 지 며칠이 안 되어 내려오는 직원이 있는가 하면, 6개월을 채우고 정기인사 때 내려오는 직원도 있었다. 그렇게 되면 승진에서 어느 정도는 밀려난다고 들었다.

그런 이야기를 듣고서, 잠깐이나마 하향전보를 상상해보았다. 진급에서 밀려난다는 실망감보다도, 창피스러운 감정이 더 올라왔다. 같은 직급 다른 직원들은 다 잘 근무하고 있는데, 나는 왜 그렇지 못할까 하는 자괴감이 들 것도 같았다. 내게는 자녀 양육 같은 중대한 사유가 있는 것도 아니었다. 또 정기인사가 아닌 수시인사의 하향전보는, 직원들 사이에서 잠시나마 눈에 뜰 수밖에 없는 일이기도 했다. 물론 누가 하향전보가 되든지 간에, 함부로 평가하거나 평가받으면 안 되는 일인 듯했다. 실제로 온전히 그 직원의 입장이 되어 보지 않으면, 그 고충을 제대로 모를 일이었다. 또 다들 그런 일을 입에 올리기 조심스러워하거나 꺼리는 분위기였다.

시간이 흘러 승진심사일이 가까워지면서, 승진후보자명부의 순위를 확인하는 날이 되었다. 떨리는 마음으로 전산에서 계속 클릭해 들어가 보니, 승진이 거의 확실해 보였다. 그러나 혹시나 하는 극도의 불안한 마음에, 승진과 관련하여 자신의 실적을 요약·제출하라는 보고서를 한참 들여다보며 많이도 수정했다. 다들 형식적인 것이니 대강 하라고 했지만 말이다.

그리고 다행히 별다른 이변 없이 승진하게 되었다.

　직원들이 시청에서 승진하면 보통은 동이나 구청으로 발령이 났다. 그런데 내가 알던 주무관님은 7급으로 승진한 후에도 계속 시청에 근무 중이었다. 같은 직급의 다른 직원들에 비하면 연차가 한참 낮았다. 남게 된 연유를 물어보니 그 직원이 추진하던 업무가 있었는데, 윗분들이 보시기에 당장은 그 직원이 제일 적임자라는 판단이 들어서 인사부서 및 그 직원과 논의를 거쳐 그리되었다고 한다. 중요도가 높았던 그 업무는, 그 직원이 공무원이 되기 전에 몸담았던 직종과도 연관이 있었다. 주로 연차가 있는 직원들이 중요하고 어려운 사업을 많이 맡는다고 들었었다. 그런데 연차가 낮은 직원들도, 관련 경험이나 경력이 뒷받침된다면, 그런 성격의 업무를 맡기도 하는 것 같았다. 이 외에도 어떤 이유에서인지 간혹 시청에 남아 있는 직원들이 있었다.

　"그냥 시청에 남겠다고 하는 건 어때요? 상황에 따라서는, 동에서 일하는 게 더 힘들 수도 있어요."

　어떤 직원이 여러 가지 이유를 들며, 시청에 잔류하는 것이 더 나을지도 모른다고, 넌지시 내게 조언했다. 하지만 이미 다른 곳으로 간다는 해방감에 젖어있던 내 귀에는 그 얘기가 잘 들어오지 않았다. 업무 강도로만 봤을 때는, 어떤 시기이든 어떤 업무를 맡게 되든 시청에서보다는 동에서 일하는 편이 더 나을 것 같았다. 동에 근무하면서도 동장님의 성격과 업무 스타일에 따라 어려움과 불편함을 호소하는 직원들이 있기는 했다. 그래도 동은 시청만큼은 실적과 성과를 중시하는 분위기가 아니었기에 압박감이 덜할 것 같았다.

예전에 한 직원이 말하기를 시청은 구청이나 동보다는 업무가 많은 편이어서 시청 직원들의 분위기도 지극히 개인주의적이라고 했었다. 실제 그런 면이 있었고, 이기적인 사람도 없지는 않았다. 때로는 처한 상황이 그들을 그렇게 몰고 가는 부분도 있었다. 그만큼 부하가 걸리는 곳이었다. 그런데 비록 그런 환경일지라도, 다른 직원들이 뭘 물어보거나 부탁하면 거절하지 않고 도와주려는 직원들은 항상 있었다. 나도 그렇게 같은 부서와 다른 부서 직원들로부터 크고 작은 도움을 받았다. 그리고 설령 아주 사소한 도움일지라도, 그것이 어려운 고비를 더 잘 버티게 해 주는 커다란 힘이 있음을 느꼈던 곳이기도 했다.

승진 예정으로 들떠있다가, 이내 맡고 있던 업무들을 인수인계할 것을 생각하니 후임자 걱정이 되기 시작했다. 업무에 처박혀 있을 때는 오히려 덜 의식되었는데, 이제 떠나는 입장이 되어 멀찍이서 바라보니 일이 산더미같이 보였다. 다행히 여러 업무 경험이 있고, 일을 잘한다고 평가받는 직원이 온다는 소식을 들었다. 만약 후임자가 백지상태였다면, 자잘한 업무들까지 처음부터 다 설명해줘야 했을 것이다. 그런 것이 아니니 부담감이 절반 이하로 확 줄어드는 것 같았다. 그리고 그 직원도 이 자리에 앉아서 다른 여느 직원들처럼 승진하기까지 고생하겠구나 싶으니 애잔한 마음이 들었다. 내 선에서 할 수 있는 데까지는 최대한 업무를 많이 해 놓고 가려고 노력했다.

승진일이 다가와서 막상 떠날 때가 되자, 홀가분할 줄만 알았는데 그렇지 않았다. 집에서는 잠만 잤지 하루 종일 회사에 있었고, 직원들과의 일상은 그렇게 내 시간을 가득 채우고 있었다. 함께 투닥거리며 고생한 직원들에게 더욱 돈독한 마음이 생겨나 있었다. 미운 정 고운 정이 든다는 말뜻을 여실히 느끼고 있었다. 인사이동을 하면 늘 겪는 일이었지만, 이렇게 또 부서 직원들과 멀어지는구나 싶으니 아쉬운 마음, 지나간 일들에 대한 고마운 마음이 들었다.

- 어딘가
- 개운치 않네?

3분 컷
식사

우연히 어떤 뉴스를 보았다. 한 지자체장이 언급하기를, 점심시간에 행정복지센터 등의 민원실 문을 닫는 것은 그 시간에 짬을 내어 오는 시민들을 곤란하게 만드는 잘못된 조치이므로 교대근무 등을 하더라도 민원실을 폐쇄해서는 안 된다는 것이었다. 그 지역은 조만간 '공무원 점심시간 휴무제'를 시행할 예정이었고, 지역 곳곳에 이를 알리는 현수막을 걸어놓은 상태였다.

이 제도는 낮 12시부터 1시까지의 점심시간에는 민원실을 운영하지 않는다는 것이다. 제도의 취지로는 동료들과 분리돼있는 1시간 동안 악성 민원과 폭력 민원에 노출될지도 모른다는 불안감에 떨지 않는 것, 밥 한 끼 마음 편히 먹는 것 등이 있었다. 2017년에 경남 고성군에서 처음 시행된 이후 다른 지역으로 확산됐는데, 자리가 잘 잡힌 지역이 있는가 하면, 그렇지 못한 지역도 있었다. 이 제도를 도입했거나 도입할 예정인 지자체가 점차 많아지면서, 그 시행률은 전국적으로 늘어나는 추세였다. 그러나 결국 앞서 말한 지역에서 운영 예정이던 이 제도는 잠정 보류되었다. 이에 노조가 강하게 반발했다고 한다. 이런 기사를 접하니 문득 내가 근무했던 민원실에서의 점심시간이 떠올랐다.

내가 근무했던 동의 행정민원대는 예전부터 직원 2명이 담당해왔다. 보통은 동 인구수에 비례해서 민원대 직원 수가 산정되는 듯했다. 그런데 민원량이 인구수에 비례하는 편이기는 하나 꼭 그런 것만은 아니었다. 대로변에 위치해있거나, 주차하기가 좋거나, 유동인구가 많으면 민원이 더 몰리는 곳도 있었다. 내가 근무했던 곳 역시 주차가 편리하다는 이유로 오는 민원인들이 꽤 있었다. 기존 아파트 단지 외에 새로운 아파트가 지어지면서, 전입신고 관련 민원이 늘어난 적도 있었다. 대학가 근처다 보니 학생들의 전출입도 빈번했다.

행정민원대에 직원이 2명인 경우, 1명은 점심시간에 민원인을 응대해야 했다. 같이 식사할 수는 없었고, 전반과 후반으로 나누어 식사했다. 직원 한 명이 먼저 동 직원들과 점심을 먹고 오면 다른 직원은 사회복지민원대 후반조 직원과 같이 식사를 하러 가는 식이었다. 그렇게 점심시간에 행정민원대를 지키게 되면, 2명이 하던 업무 전체를 1명의 직원이 맡게 되었다.

민원대를 맡은 지 얼마 되지 않았을 때는 아예 식사하러 밖에 나가지를 못했다. 민원대 업무가 처음이던 나는, 혼자서는 점심시간에 민원 응대를 할 수가 없었기 때문이다. 하는 수 없이 기본적인 업무가 숙달되기 전 2~3주 정도는 점심시간에 옆 직원과 함께 매일 배달 음식을 주문해 먹었다. 옆 직원과 같이 구석에서 식사하다가도 민원인이 오면 재빨리 튀어나와서 업무를 보곤 했다. 그러다 보면 입맛이 싹~ 사라지곤 했다. 그저 오후 근무를 해야 하니 어떻게든 억지로라도 먹는 것밖에 안 되었다. 그때가 연중에서 제일 바쁜 시기는 아니었는데도 불구하고, 민원인이 많은 날에는 밥을 다 못 먹기도 했다. 다행히 민원인이 듬성듬성 오면, 어찌어찌 밥 한 끼를 겨우 다 먹을 수는 있었다. 그러나 마음 편히 먹거나 쉴 수는 없었다.

업무가 손에 익어 나와 옆 직원이 점심을 교대로 먹을 수 있게 되자 이전보다는 상황이 많이 나아졌다. 식사에만 집중할 수 있고, 바람을 쐴 수 있어 좋았다. 커피를 마시며 잠깐이라도 가만히 멈춰 있는 그 시간이 무척 소중하게 느껴졌다. 그러나 밖에서 식사하고 있는 중에도, 때때로 민원 업무와 관련하여 옆 직원에게서 전화가 왔다. 처음에는 점심시간을 다 채우고 가고 싶은 마음에 휴대폰에 대고 최대한 이런저런 설명을 해 보았다. 그러다가 도저히 안 되겠다 싶으면, 남은 음식을 최대한 뱃속에 욱여넣고 곧장 행정복지센터로 부리나케 가기도 했다.

옆 직원 없이 점심시간에 혼자 근무하는 것은 하루 중 제일 버거운 시간이 되기도 했다. 유독 점심시간에 민원인이 몰리는 경우가 있었다. 옆 직원이 점심식사를 하러 가고, 행정민원대에 나 혼자 있게 되자마자, 민원인들이 약속이나 한 것 마냥 행정복지센터에 우르르 오는 것이었다. 혹은 내가 식사를 마치고 와서 옆 직원과 교대하려고 보니, 민원인들로 가득했던 순간도 있었다. 혼자서 시달리다 보면, 점심에 먹은 음식이 소화되지 않는 채 위에서 그대로 굳어버리는 느낌이었다.

민원인이 많더라도 업무처리가 신속하게 되면서, 대기 순번이 금방 바뀌게 되면 일은 바쁠지언정 초조하거나 불안해지지는 않았다. 그러나 동에서의 행정업무가 간단한 서류발급만 있는 것은 아니었다. 시간이 오래 걸리는 업무도 있었다. 예를 들면, 주소가 말소된 것을 재등록하는 등의 과태료 업무는 시간이 꽤 소요되는 일이었다. 그런데 희한하게 주로 점심 시간에 혼자 있을 때 그런 민원을 맞닥뜨리곤 했다.

행정민원대 업무가 워낙 방대하다 보니 생소한 민원처리에 애를 먹는 경우가 생기기도 했다. 낯선 민원 업무를 처리할 때는 기본적인 업무를 처리할 때와는 달리 버벅거리기가 쉬웠다. 평소에 업무 편람을 보며 낯선 종류의 업무를 숙지했다고 해도, 실전에 부딪히게 되면 단순히 책으로 봤던 것과는 달랐다. 그때는 업무처리 속도가 현저히 느려질 수밖에 없었다. 점심시간에 그런 민원이 생겼는데 다른 민원인이 별로 없다면 좀 나은 일이요, 설령 민원 대기 순번이 늘어나도 어쩔 수 없는 일이었다.

업무를 처리하다 보면 예상하지 못하게 막히는 부분이 생기기도 했다. 급할 때는 종종 상급 부서나 다른 부서로 전화하여 물어보았다. 그 직원들 또한 정확한 해법을 찾는 데에 시간이 걸린다고 하면 민원인께 이 사정을 잘 설명하기 위해 애를 써야 했다. 물어볼 수 있는 직원들이 제자리에 있으면 그나마 다행이었다. 다들 점심을 먹으러 가서 없는 경우도 많았다. 정확히 처리되기까지 알아볼 사항이 많은 민원을 점심시간에 혼자서 마주하게 된 때에도, 민원 대기 줄이 길어지기도 했다.

민원대 업무의 대다수는 미리 전산시스템으로 연습하기

가 거의 불가능했다. 거기에다가 빨리 처리하려다 보면 업무를 보다가 전산상에서 실수할 수도 있었다. 대체로는 원래대로 복구하거나 수정하는 기능이 있었다. 그러나 특별한 절차를 거쳐야 하는 등 시간이 걸리고 번거로워지는 경우도 있었다. 가장 큰 문제는 업무처리가 잘못되었음을 발견하기도 전에 민원인이 그 업무처리가 잘 끝났다고 판단하고, 관련 서류를 발급하여 어떤 일을 진행하거나 처리하게 되는 경우였다. 그때에는 진짜로 문제가 생길 수 있었다.

또 여러 사건·사고의 공문을 내려보내면서, 행안부 등에서 주의하라고 신신당부하는 유형의 민원 업무가 여럿 있었다. 행여나 실수하여 민원인에게 피해 입히지 않으려면 신중하고 조심스럽게 전산을 다루어야 했다. 민원 업무를 신속하게 처리하면 좋겠지만, 빨리 처리하는 것만이 제일 중요한 점은 아니었다. 또 업무마다 처리되기까지 걸리는 시간이 제각각인 만큼, 때로는 민원 대기 줄이 길어질 수도 있는 게 자연스러운 일이었다. 하지만 일부러 점심시간에 방문했다가 기다리게 된 민원인 중에는 짜증을 내는 사람들이 있었다. 저번에 왔을 때는 바로바로 되더니, 이번에는 왜 한참 기다려야 하냐면서 말이다. 대체 다른 직원들은 다 어디에 있냐고 성화를 내다가 결국 다른 행정복지센터로 가버리는 민원인도 있었다.

민원실의 문이 열려 있으니, 자리에 없는 다른 직원들이 맡은 업무를 보려고 오는 민원인들이 있었다. 이런 민원인께는 식사 시간임을 알려드린 뒤, 기다리시거나 잠시 뒤 다시 방문하시라고 말씀드렸다. 오신 분의 연락처 등을 메모하여 해당 직원에게 전달하기도 했다. 자리에 없는 직원들의 업무에 대한 전화문의도 수시로 있었다. 같은 식사 조였던 사회복지민원대 직원이 대신 전화를 받기도 했다. 그러나 그 직원에게도 점심시간에 찾아오는 사회복지 민원인들이 있었다. 그리고 그 직원이 대신 전화를 받자마자, 다른 곳에서 또 전화벨이 울리기도 했다.

　바로 내 앞에 있는 방문 민원인의 업무를 처리하면서도 부서 여기저기에 걸려 오는 전화를 안 받을 수는 없었다. 메모만 하고 수화기를 놓고 싶어도 가끔 전화를 건 민원인이 무언가를 계속 물어보거나 혹은 따지기도 했다. 그럴 때는 전화를 넘길 담당자는 없지, 그냥 끊을 수도 없지, 애가 타는 것 같았다. 내 앞의 민원인은 내가 빨리 수화기를 내려놓기만을 바라는 표정으로 나를 계속 바라보고 있고 말이다.

　2명만 근무하는 행정민원대에서 1명의 직원이 휴가나 병가를 쓰거나 교육 참석 등으로 부재하게 되면, 남은 직원은 점심식사가 곤란해지곤 했다. 이런저런 시도를 해 보니 제일 좋은 방법은, 집에서 보온 도시락에 죽을 싸 오는 것이었다. 민원대에서 민원 응대를 하다가 민원인이 없는 틈에 죽을 흡입하는 것이 식사가 제일 빠르고 간단했다. 3분 컷이었다. 집에서 가져온 과일 몇 조각까지 틈틈이 먹을 수 있다면 더없이 만족스러운 식사가 됐다.

식사 시간이 늘 짧았던 시기도 있었다. 구청에서도 점심시간에 전반조와 후반조로 나눠서 교대근무를 하던 때였다. 대략 6개월 동안은 식사 시간이 40~45분 정도밖에 되지 않았다. 멀지 않은 곳에 법원이 있어 민원이 많다는 이유에서였다. 그런 방식으로 식사해 온 지가 좀 된 것 같았다. 식사 시간이 짧은 것이 애석하기는 했지만, 상황이 그렇다고 하니 그런가 보다 했다. 그런데 인사이동으로 새로운 직원이 오게 되면서 식사 시간이 1시간으로 늘어나게 되었다. 그 직원이 자신은 점심시간 1시간을 다 써야 한다고 단호하게 나간 덕분이었다.

그러려니 하고 넘겼던 일에 대해 노조에서 지속적으로 문제를 제기하는 걸 보면, 나도 골몰히 생각해 보게 된다. 점심시간 휴무제가 있었다면, 나로서는 비교적 편했을 것이다. 행정민원대에서 혼자 있는 가운데 겪어야 했던 애로사항이 확연히 줄었을 것이고, 자리에 없는 직원들의 업무에 대한 전화 응대나 민원 응대도 대폭 줄었을 것이기 때문이다. 점심시간에 민원창구가 열려 있을 때 민원인이 얻는 이익이 있을 것이다. 그러나 공무원 혼자서 많은 민원을 응대하다 보면, 크고 작은 실수를 할 수가 있고, 그로 인해 피해를 보는 민원인이 생길 수도 있다.

예전에 어떤 동에서 신규 직원이, 멀쩡히 살아있는 사람을 사망 처리한 일이 있었다. 자세한 정황은 못 들었다. 그런데 만약에 점심시간에 민원은 몰리고 도와줄 직원도 딱히 없는 가운데, 전산 작업이 손에 익지 않은 신규 직원이 민원대에 있었다면 그런 일이 생길 수도 있을 것 같았다. 물론 실수한 직원에게도 잘못은 있다. 그러나 구조적으로 개선해야 할 점이 있는 상황에서 그런 일이 생겼다고 한다면, 직원 개인에게만 책임을 물을 수는 없지 않을까 싶었다. 그리고 전산상의 실수가 무엇이 되었든 이를 즉시 발견하여 조치한다면, 그저 놀라고 마는 해프닝으로 넘어갈 수도 있다. 그러나 그렇지 못하고 민원인이 잘못된 서류를 발급받아 어떤 일을 처리한다면, 이를 바로잡는 데에는 복잡한 절차를 거쳐야 하거나, 또 다른 문제가 생길 수도 있다.

민원인들은 대게, 신속한 민원처리를 바라고 행정복지센터를 방문한다. 그런데 점심시간에 1명인 상태에서 2명분의 업무를 하다 보면, 아무리 빨리하려고 해도 민원인이 줄어들지 않거나, 과부하가 걸리기도 했다. 이런 점에서 점심시간에 휴무하는 곳에서는 공무원의 크고 작은 실수를 보다 줄일 수 있고, 동시에 민원인에게 손해를 끼칠 확률도 낮출 수 있겠다는 생각이 들었다.

하루는 규모가 큰 행정복지센터를 방문했는데 민원인들로 북새통이었다. 앉을 곳이 마땅치 않아서 선 채로 기다리며 주변을 둘러보았다. '점심시간에는 직원들의 교대 식사로 인해 대기 시간이 길어질 수 있습니다.'라는 문구가 쓰인 큰 종이가, 민원실 한가운데에 붙여져 있었다. 한참 줄지어 있는 민원인들을 보고 있자니, 점심시간 휴무제를 시행한다고 하면 동네에 따라서는 주민들과 근처 직장인들이 선뜻 반기기 어려울 수도 있겠다 싶었다. 하지만 어느 쪽이 더 유익할지는 면밀하게 따져 볼 일인 것 같았다. 지자체마다 여건과 사정은 다르겠지만, 이 이슈가 지역 주민과 공무원 모두에게 더 나은 방향으로 조율될 수 있기를 바라본다.

어딘가
개운치 않네?

궁금했던
해외배낭연수

공무원 해외배낭연수(해외연수)라는 것이 있었다. 처음 얼핏 들었을 때는 직원들이 배낭을 메고 해외로 여행을 가는 건가 싶었다. 그러나 시에서 그런 걸 지원해 줄 리가 없었다. 공직자 해외연수의 목적은 직원 역량 강화, 혁신적 아이디어 도출, 시책 개발 같은 것이었다. 해외 유수한 현장을 다니며 선진 문물을 통해 견문을 넓히는 기회였다. 또 우수한 사례를 벤치마킹하는 등 지자체의 운영과 사업에 접목할 만한 부분을 찾으러 가는 것이었다. 해외연수를 가려면 팀을 자율적으로 구성한 뒤 구체적인 연수계획서 등을 제출하여 심사를 거쳐야 했고, 연수 후 귀국하면 결과보고서 등을 제출해야 했다.

경비에 있어서는 본인 부담도 있고, 시에서 지원해 주는 비용도 있었다. 알고 보니 많은 지자체에서 오래전부터 이런 해외연수 프로그램을 운영해 오고 있었다.

어느 날, 이 해외배낭연수가 추진 중이라는 것을 알게 되었다. 생각보다 꽤 많은 인원이 갈 수 있었다. 시에서 지원하는 비용은 1인당으로는 얼마 되지 않아 보였다. 연수 기간은 5~10일 전후였고, 해외로 가는 만큼 당연히 그 정도의 기간이 걸릴 만했다. 해외배낭연수는 어떤 경험일지 궁금했고, 만약 갈 수 있다면 가보고 싶었다. 그러나 곧 덤덤히 관심을 접게 되었다. 막상 그만큼 자리를 비우게 된다면 대직자에게 너무 미안한 일 같았고, 부서장님의 동의 여부도 불투명했다. 어차피 업무성과가 우수한 등의 유공 공무원이 우선 추천 대상자였기에, 평범한 직원들에게도 기회가 많이 있을까 싶었다. 또 말단 직원이 그런 해외연수를 가는 것이 가능한 일인지에 대한 의문도 들었다. 해외연수 추진계획에, 근무연한이나 직급에 관한 제한은 없었지만 말이다. 만약 말단인데도 해외연수를 신청하여 가게 될 직원이 있다면, 어떤 직원들일지 궁금해졌다. 어차피 나와는 상관없는 일이라고 여겼기에 신경을 끄고 있었다.

그런데 웬걸, 얼마 안 가서 같은 부서, 같은 직급의 직원이 부서장님의 결재하에 이를 신청했다는 사실을 알게 되었다. 그 직원은 순조롭게 최종 승인을 받았고, 2주가량의 해외연수자 명단에 들게 되었다. 더구나 그 직원과 친했던 다른 부서의 말단 직원도 해외배낭연수를 신청해서 승인을 받았고, 함께 같은 팀으로 가게 되었다고 들었다. 순간 마음이 복잡해졌다. 나는 아예 신청할 생각조차 못 했는데 그 직원은 계획서며 뭐며 서류를 제출하여 해외로 연수를 가게 된 상황이었다. 나와 같은 부서·직렬·직급의 직원이다 보니 너무 대조되어 보였다. 그 팀 직원들은 옆 직원의 공백에 특별한 불만이 없어 보였다. 그 직원이 사전에 대직자와 팀원들과 충분히 의논했을 성싶었다. 그 시기가 개인 업무나 팀의 상황이 비교적 여유로운 때인지도 몰랐다. 그래도 그 팀원들이 농반진반으로, 자기네가 고생하겠다는 말은 했었다. 다른 팀이었기에 감정의 동요가 곧 가라앉았던 것이지, 혹 같은 팀이었다면, 나는 속 좁아 보일까 봐 티는 제대로 못 내면서, 마음은 꽤 불편했을지도 모르겠다.

　시간이 지나면서 점차 다른 면에서도 생각해 볼 수 있었다. 아무리 눈치가 보이는 것들이 있어도 의지가 있다면 어느 직원이든, 해외연수를 신청할 수 있는 일이었다. 그럴 생각을 못 했다면, 그저 주변 환경 때문만이 아니라 용기가 부족해서일 수도 있다. 물론 해외연수를 갔을 때 주변 직원들에게 상대적으로 더 큰 부담을 지우게 되는 자리들이 있기는 했다. 어쨌거나 그 직원은 시에서 운영해 오던 해외연수의 기회를 잘 잡은 것뿐이었다.

뭔가 내키지 않고 떨떠름한 부분이 있다면, 그것은 해외연수 운영방식에 관한 문제인지도 몰랐다. 해외에 1~2주간 연수를 보내 준다고 하면 가고 싶은 직원들이 생기기 마련일 것이다. 그러나 과거의 내가 그러했던 것처럼 부서와 대직자에게 크든 작든 짐을 얹어주는 결과가 되니, 직원에 따라서는 신청 자체를 꺼리게 될 수 있었다. 가고 싶은 마음은 비슷한데, 어떤 직원은 갈 수 있고 어떤 직원은 갈 수 없다는 것이 조금은 불공평하게 느껴졌다.

평등성을 높이자면, 해외배낭연수를 가는 직원들을 뽑을 때, 1차로는 그 기회를 부서가 겹치지 않게 하여 직원들에게 랜덤으로 주는 방법이 있었다. 랜덤으로 뽑힌 직원이 개인적인 이유로 사양하게 되면 2차 랜덤으로 혹은 차순번인 다른 직원들에게 기회를 주거나 그때 개별적인 신청을 받고 말이다. 물론 업무마다, 부서마다 형편이 다르니, 획일적으로 평등하게 하기는 곤란할 수 있었다. 그래도 고민하다 보면, 좀 더 합리적이고 공정한 방식이 나오지 않을까 했다.

이러한 해외배낭연수에 관해서는 지난해 일부 지자체에서

논란이 되기도 했다. 특히 어떤 지자체에서는 공무원 1인당 500만 원까지 해외연수 비용을 지원할 계획이었던 것이 알려지면서, 주민들이 강하게 반발했다고 한다. 그 지자체 홈페이지에는 항의성 글들이 우후죽순 올라왔다. 지자체 예산을 들여서 가는 공무원의 해외연수가 실제로 가시적이고 뚜렷한 시정발전으로 이어지는가에 대해, 많은 사람이 강한 의구심을 표출했다. 코로나의 여파로 인한 고물가·고금리 등으로 시민들의 경제 사정이 어려워지다 보니, 더욱 이슈화되었다.

또 6년 전쯤에도 어떤 지자체에서는 퇴직예정자들의 해외연수에 1인당 440만 원을, 어떤 지자체에서는 장기근속자들의 해외연수에 1인당 500만 원의 비용을 지원하여 빈축을 사기도 했다고 한다. 또 예전부터 지자체 공무원이나 지방의회 의원들의 해외연수에 대해, 늘 비판하는 목소리가 있었음을 발견했다. 마냥 부정적인 목소리만 있지는 않았다. 시민들이 납득 할 수 있도록 해외연수에 대한 자세한 설명을 제공하고 해외연수의 실질적인 결과물을 공개하되 지자체의 발전을 위해서는 해외연수가 필요하다는 주장도 있었다.

공무원 재직 중에 이런 해외연수가 있다는 걸 알게 되었지만, 정작 그때는 이 해외연수에 대해 사회 일각에서 여러 비판이 있는 줄을 몰랐다. 그러다가 근래에 불거진 이슈를 접하고, 관심을 가지고 살펴보게 되었다. 예전 기억도 함께 떠오르면서, 그 일을 여러 관점에서 바라볼 수 있었다. 한때는 해외연수를 궁금해하며 가보고도 싶었다가 이제는 한 소시민이 된 입장에서, 공직자 해외연수가 대내외적으로 보다 합리적이고 실속있게 정비되었으면 하는 생각이 든다.

신기루 같은
일주일 휴가

  공무원은 재직기간에 따라 그해에 사용할 수 있는 연가일수가 달라진다. 재직기간이 1개월 이상 1년 미만이면 연가일수는 11일, 1년 이상 2년 미만은 12일, …, 5년 이상 6년 미만은 20일, 6년 이상은 21일이다.￭ 아무리 오래 재직해도 연가일수는 21일이 원칙이다. 그런데 연가 저축 제도가 생기면서, 또 기타 이유로 연가일수가 늘어나기도 했다. 이처럼 법 규정상 한 해에 쓸 수 있는 연가가 꽤 주어졌지만 의외로 연가를 10일 넘게 쓰는 직원들이 많지는 않았던 것 같다. 그런 경향

￭　「국가공무원 복무규정」 제15조 (연가 일수)

은 시청으로 가면 더 짙어져서, 어떤 부서는 직원들이 연가를 가뭄에 콩 나듯이 썼고, 휴가를 길게 가기도 어려웠다.

"팀장님, 권장 연가 일수만큼 못 쓴 연가는 보상을 못 받는 것 같네요."

"에이~ 잘못 본 거 아니야? 그동안 다 보상받았는데?"

겨울이 코앞이던 어느 날, 구청에서 연가 보상에 관한 공문을 살펴보던 나는 팀장님께 이를 급하게 말씀드리게 되었다. 공직에서는 연가 보상 제도가 있어서, 사용하지 못한 연가에 대해서는 기본적으로 보상비를 지급했다. 그런데 그 당시 우리 시에서는 직원들에게 1년 동안 적어도 10일의 연가를 사용할 것을 권장하고 있었다. 그리고 그 권장 연가 일수인 10일을 채우지 못한 일수에 대해서는 이에 상응하는 보상비를 지급하지 않겠다는 것이 공문의 내용이었다.

나도 팀장님도 권장 연가 일수만큼은 연가를 다 쓰지 못한 상황이었다. 반신반의하던 팀장님이 이리저리 알아보시고는, 권장 일수를 채우지 못한 미사용 연가는 보상받지 못한다는 걸 확인해주셨다. 나 역시 조금은 긴가민가하고 있었는데, 정말로 보상을 안 해준다고 하니 어찌해야 하나 싶었다. 아마도 예전에는 연가를 다 못 쓰면 예산의 범위 안에서 전부 보상해 준 것 같았다. 그런데 그해는 예산이 부족해서 지침이 바뀌었던 것인지, 그해 초에 이미 공지가 되었는데 그 사실을 놓쳤던 것인지 예년과는 달랐나 보다.

　팀장님과 팀원들은 보상받을 수 없는 연가를 최대한 다 쓰자고 합의했다. 같이 달력을 보면서 서로 겹치지 않게 띄엄띄엄 하루씩 휴가일을 정했다. 딱히 휴가를 쓸 중요한 일은 없었는데도, 3일가량의 휴가를 듬성듬성 가게 되었다. 그래도 기왕 이렇게 된 거 잘 쉬자는 생각으로 볼일도 보고, 오랜만에 집 근처에서 산책도 하면서 시간을 보냈다. 그렇게 부랴부랴 권장 연가 일수 10일을 다 사용했던 그 해는 공무원 재직 중 연가를 제일 많이 쓴 해였다. 그 후 코로나가 터지면서 분위기가 이전으로 회귀하여, 권장 연가 일수를 못 채우는 직원들이 늘어났다.

　공무원이 될 즈음 공직사회는 이런저런 복지제도가 잘 운용되고 있으니 연가 사용도 자유롭지 않을까 했다. 여름이나 겨울철에 일주일 휴가는 충분히 갈 수 있을 거라고 생각했다. 신규 직원이었을 적에야 나름 신규다운 자세를 보이고자, 스스로 알아서 연가를 잘 쓰지 않았다. 부서 분위기가 약간 올드한 면도 있었다. 1년에 휴가를 3일쯤이라도 갔나 싶다. 그런데 연차가 쌓여도 내가 기대했던 만큼은 휴가를 쓰기가 어려웠다. 월~금 평일 5일을 연달아 휴가를 써 본 적이 없었다. 주말 앞뒤로 목~금, 월~수를 붙이는 식으로 연달아 휴가를 써 본 적도 없었다. 제일 길게 몰아 써 본 휴가는 주말 앞뒤로 목~금, 월 이렇게 평일 3일을 쉰 때였다. 물론 휴가 사용은 같은 지자체 안에서도 개인 편차가 있었기에 내 경험이 보편적인 기준은 될 수 없었다.

직원들이 그나마 편하게 갈 수 있는 일주일 또는 그 이상의 휴가는 장기재직휴가나 신혼여행 휴가인 것 같았다. 장기재직휴가는 재직 연수에 따라 10~30일 정도의 휴가일수가 주어졌는데, 보통 5일씩은 연속으로 사용하는 것이 원칙이었다. 또 아무리 바쁜 부서에 있는 직원이라도 신혼여행 휴가로 10일에서 2주일은 갔다. 비단 그런 경우가 아니더라도, 월~금 5일의 휴가를 쓰는 직원들이 있기는 있었다. 앞뒤 주말을 붙이면 9일을 쉴 수 있었다. 부서 상황에 따라, 맡은 업무의 성격에 따라, 일주일 휴가를 가는 직원들의 얘기를 종종 듣기는 했다. 그러나 흔치는 않아 보였다.

공무원 업무는 대체로 민원을 처리하는 일이었다. 어떤 민원인이 어느 날 올지 다 알 수 없었다. 문의 전화도 빈번했다. 민원 업무 외의 다른 업무가 쌓이게 되는 날도 있었다. 때로는 다른 부서나 여러 기관에서 긴급한 요청을 하거나 긴급한 공문을 보내기도 했는데, 기한이 당일이나 익일까지인 경우가 제법 있었다. 다른 직종도 그런 경우가 많겠지만, 지자체 공무원 역시 3일을 밤을 새워 모든 일을 다 끝마치면, 2일은 마음껏 쉴 수 있는 그런 구조가 아니었다. 보통 매일매일의 민원이 있고 돌발상황도 생기곤 하니 자신의 계획에 맞춰서 업무량을 통제하기가 어려운 편이었다.

내가 휴가를 가면 내 대직자가 대신 민원을 응대하고, 문의전화를 받고, 급하게 오는 요청이나 공문을 처리해야 했다. 간혹 담당자가 휴가 중이니 담당자가 돌아오면 다시 연락드리겠다고 하거나, 다른 행정복지센터나 구청에 가시라고 민원인에게 안내하는 직원도 있었다. 하지만 부재중인 직원의 업무를 여러 날 그런 식으로 처리하다가는 사달이 날 수 있었다. 하루만 그리해도 당장 민원인의 거센 항의를 받을 수도있는 일이었다.

단지 서류를 받아 놓고 메모해 놓는 일에 그치지 않고 대직자라는 용어에 걸맞게, 업무처리를 대신 해야 하는 경우가 생겼다. 그 업무처리에 대한 책임도 같이 따라왔다. 그런 식으로일이 늘어나게 되니 어떤 부서에서든 더욱이 업무가 많은 부서일수록 직원 서로가 장기간 휴가를 가는 것을 반기기란 힘들었다. 원하는 만큼 길게 휴가를 가기가 껄끄럽고 다소 어려워도어쩔 수 없는 부분이라고 생각했다. 아쉽기는 했지만 나만 그런 것도 아니고 다른 직원들 역시 비슷한 처지였으니 말이다.

그나마 권장 연가 일수가 생기고 지자체 판단에 따라 미사용 연가를 보상하지 않는 경우도 생기면서, 공무원들이 자의 반 타의 반으로 비교적 그 전보다는 연가를 잘 쓰게 되었던 것 같다. 간혹 코로나 격무나 선거업무 등으로 지쳐있는 직원들에게 1~2일의 포상휴가가 나오기도 했다. 또 일주일 휴가를 제외하고 본다면 공무원 조직의 휴가제도 자체는 다양한 여건에 따라 체계적으로 잘 갖추어져 있었다. 예를 들어, 만 5세 이하(생후 72개월 미만)의 자녀를 둔 직원은 24개월의 범위 안에서 1일 2시간까지 육아시간을 사용할 수 있었는데, 어린 자녀를 둔 직원들에게 매우 유용한 휴가였다. 이렇듯 활용할 수 있는 휴가의 종류가 많다는 이점은 있었다.

하지만 여름 또는 겨울 중 월~금 5일, 앞뒤 주말을 포함하면 9일 휴가를 보장해 주는 회사에 다니고 있는 지인을 보면 생각이 또 달라졌다. 규모는 작아도 그런 휴가를 사용할 수 있는 회사가 제법 있다고 들었다. 어쩌면 욕심일 수도 있겠지만, 공무원 조직도 일주일 휴가를 가기 쉬운 환경이었으면 더 좋았을 텐데 싶었다.

[공무원 휴가 제도]

- **휴가의 종류** : 연가, 병가, 공가, 특별휴가

- **연가**
  - 정신적 · 신체적 휴식을 통해 근무능률 유지 및 개인생활편의 도모를 위함
  - 재직기간별 연가일수가 있으며, 미사용시 연가보상비 지급

- **병가**
  - 질병 또는 부상으로 직무를 수행할 수 없는 경우 또는 감염병에 걸려 다른 공무원의 건강에 영향을 미칠 우려가 있는 경우
  - 기간 : 일반 병가는 연 60일 이내, 공무상 병가는 연 180일 이내
  - 운영 : 연간 누계 6일까지는 진단서의 제출 없이도 사용 가능
         병가 연간 누계가 6일을 초과하는 경우, 진단서를 제출해야 함
         일반 병가 전부 미사용 시, 다음 해에 연가 1일을 가산하여 줌

- **공가**
  - 공무원이 일반국민의 자격으로 국가기관의 업무수행에 협조하거나 법령상 의무의 이행이 필요한 경우

- **특별휴가**
  - 경조사휴가 (지자체의 경우 조례별 상이함)

구분	대상	일수
결혼	본인	5
	자녀	1

출산	배우자 (한 번에 둘 이상의 자녀 출산 시)	10 (15)
사망	배우자, 본인 및 배우자의 부모	5
	본인 및 배우자의 조부모 · 외조부모	3
	자녀와 그 자녀의 배우자	3
	본인 및 배우자의 형제자매	1
입양	본인	20

- 그 외의 특별휴가

종류	대상	일수
출산휴가	임신 또는 출산한 직원	90일 (다태아의 경우 120일)
유산 · 사산 휴가	유산하거나 사산한 직원	90일 이내 (임신주수에 따라 다름)
	배우자가 유산 · 사산한 남성 직원	3일
난임치료 시술휴가	인공수정이나 체외수정 시술을 받는 직원	2~4일
	남성 직원	1일 (정자채취일)
임신검진휴가	임신검진을 하려는 직원	임신기간 10일 이내
모성보호시간	임신 중 휴식이나 병원진료 등을 하려는 직원	임신기간 1일 2시간
육아시간	만 5세 이하(생후 72개월 미만)의 자녀를 둔 직원	24개월 범위에서 1일 2시간

어딘가
개운치 않네?

가족돌봄휴가	(손)자녀의 학교행사참여 · 교사상담 · 병원진료 · 기타 돌봄 시, 질병 · 사고 · 노령 등의 사유로 부모, 배우자 등을 돌봐야 하는 경우	연간 10일 이내
포상휴가	국가나 해당기관의 주요 업무를 성공적으로 수행해 탁월한 성과와 공로가 인정되는 직원	10일 이내
수업휴가	한국방송통신대학교에 재학 중인 직원	연가일수를 초과하는 출석수업일수
재해구호휴가	재난으로 피해를 입은 직원, 재난발생지역에서 자원봉사를 하려는 직원	5일 이내 (대규모 재난시 10일 이내)
심리안정휴가	위험직무 수행 중 인명피해가 발생한 사건 · 사고로 심리안정과 회복이 필요한 직원	4일 이내
장기재직휴가	장기 재직한 직원 (국가직 제외)	10~30일 (조례 및 재직기간 별 상이함)

출처 : 「국가공무원 복무규정」 '제3장 휴가', 「지방공무원 복무규정」 제7조의7, 「국가공무원 복무 · 징계 관련 예규」(인사혁신처 예규 제166호) '제8장 휴가' 발췌 · 정리

※ 최근 들어 MZ 공무원의 사기진작 등을 위해서, 5년 이상 재직한 공무원들도 5일가량의 장기재직 휴가를 갈 수 있도록 조례를 이미 개정했거나 개정 예정인 지자체가 전국적으로 대폭 늘었다. 또 기존의 장기재직 특별휴가 일수 또한 점차 확대하는 추세다. 서울 25개 자치구 중에서는, 절반이 넘는 지자체에서 저연차 공무원의 장기재직 휴가를 이미 시행 중이고, 서울 특별시의 경우 2023년 5월에 도입하였다.

아무도 못 쓰는
자기개발휴직

공무원으로 일한 지 5년이 되어 가고 있었다. 여느 직장인들처럼 매주 주말이 찾아오긴 했다. 그때 주로 하는 일로는 밀린 집안일, 장보기, 생존 운동, 대소사 참여, 어쩌다 지인들 만나기, 다음 한 주를 위해 충분히 수면하기 등이 있었다. 그것 외에 내 삶을 환기할 수 있는 경험을 하고 싶었다. 관심이 가는 것들을 배우면서 거기에 몰두하는 시간, 내 삶을 정비해 보는 시간을 가지고 싶었다. 그러나 일하면서는 이루기 힘든 일 같았다. 게다가 한 주의 회사 일이 빡빡했던 경우에는 주말에 완전히 뻗어버려서 뭘 제대로 할 수가 없었다. 휴직하는 주변 직원들이 때로는 부러웠다. 법적으로 쓸 수 있는 휴직제도가 아무리 잘 갖추어져 있다고 한들, 나와는 무관해 보였다. 내가 사용할 수 있는 휴직은 없다고 생각하던 차에, 우연히 자기개발휴직을 알게 되었다.

자기개발휴직▪은 공무원으로 5년 이상 재직한 경우, 3가지 사유 중 하나에 해당하면 신청할 수 있었다. 3가지 사유란, 첫째는 소속 기관의 직무와 관련된 연구과제 또는 자기개발을 위한 연구과제를 수행하는 경우였고, 둘째는 국내외 교육기관 등에서 교육과정을 수강하는 경우(학위 취득 목적은 제외), 셋째는 자격증 취득 등을 위한 개인 주도학습을 하거나 교육과정을 수강하는 경우였다. 기간은 보통 6개월~1년이며, 그 기간에는 급여가 없고, 경력에서도 제외되었다. 자기개발휴직을 했던 공무원이 복직하면, 10년 이상 근무해야만 다시 이 휴직을 신청할 수 있었다.

나를 위한 제도인 것 같았다. 내 마음을 알아주니 반갑기 그지없었다. 조건도 5년 이상 재직한 공무원이면 되니 별로 어려울 것도 없어 보였다. 그동안 왜 몰랐을까 싶었다. 그런데 자기개발휴직을 해서 이러이러한 시간을 보내봤다는 경험담

▪ 「지방공무원법」 제63조 제2항 제7호, 「지방공무원 임용령」 제38조의 20, 「지방공무원 인사제도 운영지침」 제78조에 규정

같은 것을 주변에서 들어본 적은 없었다. 몇몇 직원들에게 물어도 봤지만, 그런 게 있냐는 반문만 되돌아와서 조금은 의아했다. 인터넷에서 이런저런 검색을 하다가 자기개발휴직을 신청해서 사용했다는 사람들의 후기를 발견하게 되었다. 그 글을 읽다 보니 나도 충분히 이 휴직을 신청할 수 있을 것 같다는 생각에 점점 들뜨게 되었다. 법령에 자기개발휴직 제도가 명시되어 있고, 다른 지자체 직원들도 종종 사용하고 있으니 말이다.

후기를 쓴 사람 중 한 분에게 인터넷으로 메신저를 보내게 되었다. 어떤 주제와 내용으로 자기개발계획을 세웠는지, 자기개발휴직을 신청하고 승인받기까지 별다른 일은 없었는지 등을 물어봤다. 고맙게도 그분은 자세하게 답변해 주셨다. 본인이 생각하는 팁도 알려줬다. 다른 지자체 공무원이었기에, 그곳에서 승인이 났다고 하여 우리 지자체에서도 승인이 난다는 법은 없었다. 그러나 주변에 딱히 물어볼 데도 없던 터라, 직접 이 휴직을 신청하고 승인받아 사용해 본 실제 경험자의 조언은 큰 참고와 도움이 되었다. 그렇게 이미 휴직 예정자가 된 것 같은 마음으로 자기개발휴직 신청서를 살펴보고 있었다. 여러 가지 계획을 대충 세워 보면서, 한껏 기대에 부풀어 있었다.

"주무관님~ 자기개발휴직은 현재 쓸 수가 없어요. 신청 자체가 안 됩니다."

자기개발휴직 신청에 관하여 업무 담당자에게 문의했다가 돌아온 답변은 허탈하기 이를 데 없었다. 주변 직원들이 잘 몰라서 조금 이상하긴 했지만, 당연히 신청 자체는 가능할 것이라는 내 예상을 완전히 빗나갔다. 잘 이해가 가지 않았던 만큼 계속 물어보았다. 2016년도에 만들어진 법이면 이미 시간이 꽤 흘렀고, 다른 지자체 공무원들은 종종 신청해서 쓰기도 하던데, 왜 우리 지자체는 안 되는지를 말이다.

담당자가 얘기한 이유로는 두 가지가 있었다. 하나는 현재 지자체의 현원이 부족하기 때문에, 그런 휴직을 사용할 수 있는 상황이 아니라는 것이었다. 육아휴직 등으로 결원된 인원이 많다고 했다. 다른 하나는 지자체의 방침, 즉 자기개발휴직 제도를 운영할 수 있게끔 지자체장의 승인을 받아 놓은 매뉴얼이 없다는 것이었다. 지자체의 인력 운영 사정이 좋지 않다는 이유로 자기개발휴직 운영 계획을 세우지도 않고 방침을 받을 수도 없다면, 이 휴직은 앞으로도 사용할 수 없다는 말로 들렸다. 지자체 인력 운영 상황이 나아지는 때란 언제란 말인지. 기약이 없는 일이었다. 마음속에서 안테나 하나가 툭 부러지는 것 같았다. 텁텁한 무기력감이 밀려왔다.

나중에 더 알아보니, 자기개발휴직을 쓸 수 있는 지자체도 있지만 쓸 수 없는 지자체가 더 많은 듯했다. 다른 지자체에서도 이 휴직의 신청이 불가능한 이유로는, 결원된 인원이 많은 상태에서 휴직자가 더 늘어나면 곤란해진다는 점을 드는 것 같았다. 그런데 같은 법령을 두고도 어떤 지자체는 사용이 가능하고 어떤 지자체는 계속 사용이 불가능하다면, 단순히 지역에 따른 차이라고 하기에는 너무 형평성에 어긋나는 게 아닐까 싶었다.

또한 갑자기 생긴 결원은 대처가 곤란한 때가 있겠지만, 자기개발휴직처럼 그 시기가 정확히 예견되는 결원은 달랐다. 정기인사에 맞춰 복직하는 직원들을 포함하여 인원을 재배치할 수 있었고, 한시임기제 공무원 등의 인력을 통해 결원을 보충하는 방법도 있었다. 매번 그대로 답보 중인 지자체의 상황만을 가지고 자기개발휴직을 신청할 수 없다고 하기에는 그 근거가 조금 부족하지 않나 싶었다.

자기개발휴직 제도를 운영하고자 하면 지자체에서 별도로 시기를 정할 수 있으니, 신청받는 시기를 꼭 상반기와 하반기로 나누지 않더라도 1년에 한 번만 해도 될 것 같았다. 그리고 원하는 휴직 시작일로부터 6개월 이전까지 미리 신청하게끔 하면 순전히 당면 업무에서 벗어나려는 회피성 휴직도 어느 정도 막을 수 있다고 생각했다. 예를 들면 내년 상반기에 휴직을 원한다면 올해 상반기 안에는 신청하게끔 하고, 내년 하반기에 휴직을 원한다면 올해 하반기 안에는 신청해야 하는 식으로 말이다. 그렇게 하면 승인이 나서 휴직을 하더라도, 휴직 전에 최소 6개월에서 길게는 1년 가까이 당면 업무를 하게 되는 것이었다. 다만, 교육기관의 교육과정 유무는 6개월 이전에는 알기 어려울 수 있었다. 그러나 매년 개설되었던 과정이라면 추후에도 있을 거라고 예측해 볼 수 있었다. 만일 그 교육과정이 없게 되면, 다른 기관에서 그에 준하는 교육과정을 수강하면 되는 것으로 허용하면 되지 않을까 싶었다.

좋았다가 말게 된 나는, 옆 직원들에게 이 얘기를 털어놓았다. 자기개발휴직 제도라는 것이 명목상으로는 있는데, 실질적으로는 쓸 수 없다고 말이다.

"그런 휴직제도가 있었어? 쓸 수가 없다니 너무 아쉽네~"

한 직원의 말에, 다른 직원이 응수했다.

"못 쓰는 거야 당연한 얘기지~ 쓸 수 있게 해 주면, 힘들다 싶은 직원들은 너도나도 도망갈 건데?"

운영방식을 잘 세우면 그런 일은 별로 없을 거라고 생각했다. 그런데 한편으로는 그런 우려를 먼저 하게 될 수도 있겠구나 싶었다. 이래저래 아무도 쓰지 못하는 자기개발휴직은, 기대했던 만큼 쓸쓸한 기억으로 남게 되었다.

- 푸근해지는
- 마음

변모하는 회식

"자, 다 같이 일어나서 흔들어 봅시다!"

한 직원의 목청 터질 듯한 소리에, 다른 몇몇 직원들이 환호하기 시작했다. 어느새 좁은 노래방 안에서 모든 직원이 요란한 음악 소리에 맞춰 몸을 들썩이고 있었다. 마지못해 같이 들썩이고 있던 나는, 표정만 보면 마치 신나 보였을지 몰라도 마음속은 그렇지 않았다. 좁은 공간에서 단체로 같이 흔들흔들하다 보면 어쩔 수 없는 접촉이 일어나기도 했다. 이 사람 저 사람 할 것 없이 어깨동무하거나 팔짱을 꼭 끼고 늘어지는 누군가가 나에게도 와서 그러면 거부감이 들기도 했다. 그러나 그런 분위기에서 정색하는 것도 불편해지는 일이었고, 상황을 잘 살펴야 했다.

노래방에 오기 전 식사 자리에서, 부서장님과 계장님들이 각각 차례로 한 바퀴 돌면서 직원들과 술잔을 주거니 받거니 하면서, 이미 술이 꽤 들어간 상태였다. 그런데 노래방 중앙 테이블에 금세 또 술병들이 올라와 있었다. 같은 부서 직원이 나에게 미리 숙취해소음료를 사다 주지 않았더라면, 속이 더 엉망이 됐겠구나 싶었다. 미리 먹어놓은 음료 덕분인지 술이 들어가도 좀 나은 듯한 기분이 들었다. 그날이 공직에서의 첫 단체 회식일이었다.

탬버린을 신명 나게 쳐야 하고, 술판이 벌어지고, 춤추기에도 망설임이 없어야 하는 노래방 회식이 공직에서는 거의 없을 줄 알았는데 아니었다. 나에게 노래하고 춤추는 것은 고등학교나 대학 시절쯤에나 즐거울 법한 일이었다. 그것도 어쩌다가 간혹 친한 친구나 동기, 가까운 선후배들과 노래방에 갔었고, 그 외에는 발길이 가지 않았다. 어쩌면 내 취향과 그다지 안 맞아서인지도 몰랐다. 어둡고 밀폐된 공간은 답답했고, 나중에 남는 것은 목만 쉬는 일 같아서도 달갑지 않았다. 술은 애초에 몸에서 잘 받지를 않아서 좋아하지 않았다. 술을 잘 마셨다면 여러모로 좋았을 텐데, 그렇지 못한 것이 나 스스로도 항상 아쉬운 점이기는 했다. 공무원을 하기 전에 다녔던 회사에서도 역시, 노래방 회식이나 각종 술자리가 있었다. 분위기를 최대한 맞춰야 했기에 술이 세지 못한 나로서는 당연히 힘들 때가 있었다. 그곳에서도 종종 고역이었던 회식이었는데, 공직에서도 고역이 되지는 않을지 걱정이 되었다.

다행히도 처음 발령받은 부서의 단체 회식은 생각보다 빈번하지 않았고, 팀 회식도 별로 없었다. 다른 부서의 경우에는 회식 빈도나 분위기가 저마다 다른 것 같았다. 노래방은 안 가더라도 평소에 자잘한 회식이 잦은 부서나 팀이 있었다. 술을 좋아하는 직원이라면 회식 자리의 술과 안주를 즐길 법도 했다. 그런데 술이 몸에 잘 안 받는 직원이라면 술이 강요되는 분위기의 회식은 별로 내키지 않았을 것이다. 회식의 모습은 다른 지자체라고 해서 별반 다르지 않은 듯했다. 거리가 꽤 있는, 다른 지역 공무원으로 근무하는 지인들이 있었다. 한 곳은 여기보다 규모가 더 컸고 한 곳은 규모가 더 작았는데, 그쪽 동네 회식 얘기를 들어봐도 비슷비슷해 보였다.

특히 인사이동 시즌이 되면 부서 전체 회식이 빠질 수 없었다. 그때는 부서마다 직원들 환영 및 송별 회식이 있었다. 회식 자리에서는 직원들의 인사, 각종 건배사, 술잔 돌리기 등이 있었다. 일부 직원들이 열심히 고기를 굽는 가운데, 여기저기서 술잔이 부딪히고 시끌벅적한 대화가 오갔다. 낯선 환경에서 새로운 일을 하고 새로운 직원들과 근무한다는 것은 설레면서도 긴장되는 일이었다. 또 그동안 적응하며 몸담고 있던 부서와, 정든 직원들을 떠나는 일은 종종 큰 아쉬움으로 다가왔다. 간혹 송별 회식에서 슬퍼하며 눈물을 흘리는 직원도 있었다. 긴장을 풀고 서로 가까워지기 위해 혹은 서운함을 달래기 위해, 그런 날은 다른 회식 때보다 술을 더 많이 마시게 되는 것 같았다.

그렇게 회식을 한 뒤 노래방에 가면, 누군가가 그저 노래만 불렀을 때는 같이 흥얼흥얼 따라 부르면서 흥이 나기도 했다. 그러다가 어떤 직원이 다 같이 일어나서 춤을 춰야 하는 분위기를 억지로 만들려 하면 또 시작인가 싶어서 옆 직원과 못마땅한 눈빛을 주고받기도 했다. 춤을 추고 싶은 사람만 췄으면 하는 생각이 들었다. 노래방에서 괴상한 쇼를 본 적도 있었다. 새로 온 계장님이 부서장님이나 다른 팀장님 노래가 끝날 때면 하는 특이한 행동이 있었다. 굉장히 세련되고 깔끔해 보이던 분이 그러시니 의외였지만, 부서장님 앞에서는 또 특별한 날 노래방 회식에서는 저럴 수도 있나 보다 싶었다.

한번은 부서 직원들 몇 명과 차출을 나갔다가 일이 늦게 끝나서 같이 저녁 식사를 하게 되었는데, 자연스럽게 술자리가 되었다. 술을 너무 좋아했던 한 직원은 주변의 몇 직원들과도 자주 술자리를 가지곤 했는데, 매일 소주 한 병은 마시는 듯했다. 그런데 술이 들어갈수록 그 직원의 언행이 다소 거칠어졌고, 이런저런 피로감이 겹치면서 그냥 자리를 뜨고 싶었다. 그러나 그 직원은 곧, 내가 평소에 자신과 이런 술자리에 함께하지 않아서 서운하다는 얘기를 꺼냈다. 거기서 일어나 버리면 다음 날 감당이 안 될 것 같았다. 상사나 동료가 건네는 술을 잘 받아마시고 술자리를 자주 가지는 것이, 서로 간 호의와 신뢰를 쌓는 일처럼 여겨지는 문화가 이곳에서도 존재하는 것 같았다. 물론 그렇게 생각하지 않는 직원들도 있었고, 옛날보다는 나아졌다고들 했다. 그러나 일단 그런 자리가 생겼을 때, 술 혹은 술자리를 단호하게 거절하기가 쉽지만은 않았다.

그런데 어느 날 전국적으로 큰 이슈가 터졌다. 어느 검사가 본인이 검찰 조직 내에서 성추행을 당했다고 폭로한 것이다. 우리나라의 많은 기업과 조직, 단체에 영향을 준 사건이었을 것이다. 이 일로 사회 각기 계층에서 미투 운동이 크게 일어났다. 공무원 조직에도 이 사건과 관련해서 공문서가 내려왔던 것으로 기억한다. 그리고 공직 안에서도 변화가 생긴 것 같았다. 미투 운동 때문이었는지, 이후 발령받는 부서마다 윗분들이 점잖으셔서 그랬는지는 모르겠으나, 이전 같은 화려한 회식이 아예 없지는 않았지만 회식의 분위기가 조금은 달라졌다고 느꼈다. 그 당시 부서의 부서장님은 술과 노래를 좋아하셨지만 주무계 팀장님이 중간에서 많이 커트해주셨다. 평소 직원들을 잘 배려해 주시기도 했지만, 전국적인 미투 운동을 의식해서 자중하는 것 같았다. 여러 회식이나 모임에서 행여나 불미스러운 일이 생길세라, 조심하는 기류가 조금이나마 생긴 것이다.

단체 회식을 한다고 하면, 그전에는 1차로는 저녁 식사와 간단한 술자리를 하고 2차로는 노래방에서 음주가무를 하는 경우가 주였다. 3차까지 술을 먹는 직원들도 있었다. 그런데 그즈음에 우리 부서만 그랬는지는 모르겠으나 1차 회식은 참석이 필수였고, 2차 회식은 참석이 자유로웠다. 술을 강권하는 직원들은 늘 있었지만 단호하게 안 마시는 직원들도 적게나마 있었다. 이런저런 분위기에 힘입어 무리하지 않는 선에서 술을 마시게 되었고, 1차가 끝나면 조금 눈치는 보였지만 인사를 드리고 바로 귀가할 수 있었다. 부서장님이 바뀌시면서는 스멀스멀 예전으로 돌아가는 듯한 기운이 감돌기도 했다. 그러나 그때는 이미 이것저것 재고 싶지 않았고, 1차 회식이 끝나면 남모르게 슬며시 사라지기도 했다.

그 후 발령받은 한 부서에서는 회식이 다가오면, 공식적인 회식은 저녁 식사로 끝난다고 주무계 차석님이 미리 언급하시곤 했다. 한 마디로 식사 겸 가벼운 술자리였다. 부서장님과 여러 팀장님이 건강을 생각해서 음주를 자제하는 것 같기도 했다. 그 부서에 있을 때는 회식이 끝나면 대다수 직원이 곧장 귀가했는데, 2차 회식을 하러 가는 직원들도 있었다. 그런데 알고 봤더니 그 2차 회식이란 것이 또 다른 술자리나 노래방에 가는 것이 아니라, 카페에서 이야기를 나누며 시간을 보낸 자리였다. 2차 치고는 꽤 괜찮은 회식이다 싶었다.

평상시 근무 중에는 최대한 감정을 절제해야 할 일이 많았다. 일을 신속, 정확하게 하려면 그런 면이 필요했다. 회사에서 일에만 편중된 생활을 하다 보면, 직원들 간 사이가 메마를 수도 있는 것 같았다. 그런데 부서 회식 자리에서는 시끌시끌한 분위기에 편승하여 잘 못 하는 술도 한두 잔 마시면서 솔직한 감정을 표출하기도 하고, 툭 터놓고 이것저것 얘기해 볼 수도 있었다. 그렇게 대화하다 보면 몰랐던 사실을 서로 알려주거나 도움을 주고받기도 했고, 서로 간 다소 오해가 있었던 부분이 풀리는 일도 있었다.

회식은 그 큰 부서에서 평소에는 인사만 겨우 하거나 얼굴도 자주 못 보는 직원들과 소통할 수 있는 오랜만의 기회가 되기도 했다. 같은 부서여도 거리상으로 한참 멀찍이 떨어져 있는 팀의 직원들과는 이질감을 느끼기도 했었다. 그런 직원들과도 얘기하는 가운데 웃고 떠들다 보면 일만 하면서는 잘 몰랐던 모습을 발견하기도 했다. 무뚝뚝하게만 보이던 저 직원이 저렇게 재밌는 사람이었나 싶고, 날카롭게만 보이던 저 계장님이 저렇게 속 깊은 분이었나 싶었다. 그 부서에 있는 동안 점차 회식은 예전과 달리 부담스럽게 다가오지 않았고, 한편으로는 조금은 기대가 되는 이벤트처럼 느껴졌다.

또 다른 부서에서는 유쾌한 직원들이 많아서인지 회식 자리도 흥이 넘쳤다. 조용한, 때로는 업무로 인한 초조함과 긴장감이 흐르는 평소의 사무실과는 극명하게 대조되는, 파이팅 넘치고 화기애애한 분위기였다. 그렇지만 부서장님 맞은 편이나 근처 자리는 여느 부서에서와 다를 바 없이 다들 피하는 것 같았다. 우왕좌왕하다가 피하고 싶은 자리에 앉게 되면 처음엔 뻣뻣하지만, 어느덧 부서장님과도 편하게 대화하게 되고, 메뚜기처럼 자리를 옮겨 다니며 다른 사람들과도 얘기할 수 있었다.

한번은 그렇게 저녁 회식이 끝나고, 부서장님과 직원들이 부서 업무와 관련된 조형물들이 잘 작동하는지 점검도 하고 구경도 할 겸 자리를 옮기게 되었다. 1차 회식 후 2차로 간다는 곳이 신선하기 이를 데 없었다. 조형물이 있는 몇 군데를 들른 후 어떤 장소로 이동했다. 그곳의 넓은 잔디밭에서는 또 역시 부서 업무와 연관된 한 프로그램에 참여한 사람들이 자녀들과 함께 뛰어다니고 있었다. 술기운에 기분이 들떠 있었던 것 같다. 그 모습을 보고 있던 나와 몇 직원은 프로그램에 참여한 사람들처럼, 서로 손을 잡고 빙글빙글 돌기도 하고 폴

짝폴짝 뛰기도 했다.

　빈번했던 회식도 어쩌다 있는 회식도 다 어려워진 때가 왔으니, 코로나 19가 전국을 덮친 시기였다. 코로나 확산 추세에 따른 방역수칙은 자주 바뀌고 있었다. 직원들의 단체 회식을 자제하라는 권고가 있었다가, 모든 회식과 모임을 일절 금지한다는 조치가 내려지기도 했다. 이에 대한 직원들의 반응은 엇갈렸다. 회식이 드물어지거나 없어진 것을 무척 좋아하는 직원들이 있었던 반면, 너무 아쉬워하며 언젠가는 자주 회식할 수 있기를 고대하는 직원들도 있었다. 누군가에게는 피하고 싶은 회식, 누군가에게는 반가운 회식이라니 앞으로의 회식에서는 그 간격이 조금씩 좁혀지면 좋을 일이었다.

　나에게 회식은 처음에는 좀 피하고 싶은 불편한 자리였다. 부서의 화합과 소통을 위해 한다지만 때로는 화합과 소통에 굳이 필요한가 싶은 부분, 과하다 싶은 부분이 있었기 때문이다. 그러나 회식의 모습이 조금씩 변화되어감을 느끼면서 그만큼 그 자리를 편하게 대할 수 있었던 듯하다. 직원들에게 좀 더 친근함을 느끼고, 때로는 기분전환이 되기도 하면서 회식의 좋은 면모를 하나씩 발견할 수 있었다.

회식이 잦고 마음이 붕 뜨는 인사철이나 명절 연휴를 앞두고서는, 직원들에게 종종 단체 문자가 날아왔다. 복무를 철저히 하라는 것과 음주운전은 절대로 해서는 안 된다는 내용이었다. 음주운전의 경우, 시보 공무원으로 근무 중이던 때에는 더욱 조심하라는 얘기를 듣곤 했다. 폭행 사건 등 불미스러운 일에 휘말리지 않게 하라는 얘기도 들었다. 시보 임용 중에 징계 사유가 발생했을 때는 정규 공무원보다 비교적 쉽게 면직시킬 수 있었기 때문이다.

사무실에서 야근이나 주말 근무를 하고 있는데 불시에 어떤 직원들이 들이닥쳐서 부서 직원들의 복무를 점검하기도 했다. 복무 실태를 점검하는 항목은 다양했다. 초과근무수당이나 출장비를 부당하게 수령 한 직원이 이후 감사 등에서 적발되면 그 금액을 몇 배로 물어내야 했다. 또 시간이 갈수록 초과근무수당·출장비 부당 수령 징계가 강화되고 있었다.

공무원의 성 관련 비위 또한 업무상 위력 등에 의한 성폭력 범죄, 통신매체를 이용한 음란행위 등이 비위 유형에 추가·세분화 되는 등 징계가 강화되었다. 공무원은 업무 자체가 개인정보를 조회, 열람해야 하는 일이 다반사여서 이에 관한 비밀유지 및 관리 역시 철저하게 해야 했다. 또 정치적 중립 의무가 있어서 선거철에 하지 말아야 할 금지사항이 많았다. 복잡한 것들은 차치하고, 선거 관련 SNS 게시물에 '좋아요'를 누르지 말라는 신신당부가 늘 있었다. 공무원은 원칙적으로 영리 행위와 겸직이 금지되지만, 일정한 경우 가능한 행위들이 있었다. 부동산 임대업 등을 하는 직원들을 간혹 보기도 했다.

'공무원은 잘릴 일이 없다'고들 하지만, 공직 생활을 하다가 중징계를 받으면 얘기가 달라진다. 해임과 파면의 경우에는 공무원의 신분이 완전히 박탈되기 때문이다. 같은 유형의 비위라도 비위와 과실의 정도, 고의 유무에 따라 징계의 종류가 달라진다. 중징계가 아니라 경징계을 받더라도 승진, 승급, 보수, 수당 면에서 여러 가지 불이익이 따르게 된다.

행정부(국가) 공무원 2022년 징계종류별 비위통계

구분	합 계	파면	해임	강등	정직	감봉	견책
합계	2,230	57	179	102	669	517	706
성실의무위반	584	6	30	13	90	177	268
복무위반	22			1	3	11	7
직장이탈금지위반	42	2		2	4	17	17
비밀엄수의무위반	25		6	1	5	4	9
청렴의무위반	53	13	8	1	16	12	3
품위유지의무위반 (성 비위, 음주운전 등)	1,459	35	133	83	549	285	374
영리·겸직금지위반	19	1	1		1	8	8
정치운동금지위반	2			1		1	
집단행위금지위반							
기타	24		1		1	2	20

출처 : 인사혁신처, 《2022년 행정부 국가공무원 인사통계》 p.59. 발췌

공무원 겸직허가 (지방직 기준)

○ **대상** : 「지방공무원 복무규정」 제10조(영리업무의 금지) 본문에 따른 금지 요건에 해당하지 않는 영리업무 및 계속성 있는 비영리 업무

○ **허가기준** : 공무원의 직무상의 능률을 저해할 우려가 없는 경우, 공무에 대하여 부당한 영향을 줄 우려가 없는 경우, 해당 지방자치단체의 이익과 상반되는 이익을 취득할 우려가 없는 경우, 해당 지방자치단체에 대하여 불명예스러운 영향을 끼칠 우려가 없는 경우에만 허가

○ **겸직 허가 심사 시 참고사례 (예시)**

  – 기관 · 단체 임원

   • 비영리법인의 당연직 이사의 경우 겸직허가를 받아야 함

   • 사기업체의 사외이사의 경우 금지

   • 「교육공무원법」 제19조의2에 따라 고등교육법 제14조 제2항에 따라 교수 · 부교수 및 조교수는 허가를 득한 후 겸직 가능

  – 부동산 임대

   • 공무원이 임대사업자로 등록하고 주택 · 상가를 임대하는 행위가 지속성이 없는 경우에는 겸직허가 대상이 아님

   • 주택 · 상가 등을 다수 소유하여 관리하거나 수시로 매매 · 임대하는 등 지속성이 있는 업무로 판단되는 경우, 겸직 허가를 받아 종사 가능하나, 부동산 관련 업무가 직무수행에 지장을 초래할 정도로 과다한 경우 불허

  – 외부강의

   • 「지방공무원 복무규정」 제10조 본문의 금지요건에 해당하거나 공무원으로서 부적절한 내용 또는 정책 수행 등에 반하는 내용을 강의하는 경우 겸직 불허

   • 근무시간 내 외부강의는 원칙적으로 금지되나, 본연의 직무에 지장이 없는 범위에서, 직무수행과 관련 있거나 국가정책 수행 목적상 반드시

필요한 경우 등에만 제한적 허용

- 저술, 번역, 서적출판, 작사 · 작곡 등
  - 1회적인 저술 · 번역 등 행위는 겸직허가 대상 업무에 해당하지 않으나, 행위의 지속성이 인정된다면 소속기관장의 겸직허가 필요

    예) 주기적 업데이트 및 월 00회 · 연 00회 등 기간을 정한 저술 등
  - 직접 서적을 출판 · 판매하는 행위나 주기적으로 서적(학습지 · 문제지 등)을 저술하여 원고료를 받는 행위는 영리업무에 해당
- 블로그 활동
  - 블로그를 계속적으로 제작 · 관리하여 수익을 얻는 행위는 영리업무에 해당하므로 겸직허가를 받아야 함
  - 공무원으로서 부적절한 내용 또는 정책수행 등에 반하는 경우 불허
- 모바일 애플리케이션 · 이모티콘 제작 · 관리
  - 애플리케이션 · 이모티콘을 계속적으로 제작 · 관리하여 수익을 얻는 경우 겸직허가를 받아야 함
  - 공무원으로서 품위를 훼손하거나 직무상 알게 된 비밀을 이용하는 경우 불허

○ 공무원 인터넷 개인방송 활동에 대한 표준 복무지침 있음

출처 : 「지방공무원 복무에 관한 예규」(행정안전부 예규 제254호)
p.108. p.112~114. p.122. 발췌 · 정리

자생단체
사람들

　민원인이 아니고 공공근로자도 아닌데, 행정복지센터를 자주 오가는 분들이 있었다. 자생단체 회원분들이었다. 행정복지센터에는 지역 주민으로 구성된 주민자치회, 통장협의회, 새마을부녀회, 자율방범대, 새마을협의회 등등 여러 종류의 자생단체가 있었다. 단체별로 하는 활동에는 차이가 있었지만, 지역사회와 주민들을 위해 일한다는 점에서는 방향이 같았다.

　동에서 근무하다 보면 자생단체 회원들과 점점 안면을 쌓게 되었는데 그중에서도 더 친근하게 느껴지는 분들이 있었다. 어떤 단체 회장님은 꽤 부유하기로 소문이 나 있었는데, 직원들이 수고가 많다며 사비를 들여서 밥과 간식을 사 주곤 하셨다. 몇 직원들과 식당에서 점심을 다 먹고 나서 계산할라 치면 아까 식당에서 나가는 뒷모습만 보고 인사도 못 했던 그 회장님이 이미 계산한 뒤였다. 뜬금없이 점심시간에 공짜로 단체 회식을 하게 되거나 근무 중 출출할 때 직원들에게 핫도그나 샌드위치가 전달되는 경우에도 출처가 그분이었던 적이 여러 번 있었다.

한동안은 거의 날마다 행정복지센터를 들르고, 뜸하다 싶으면 어느새 또 얼굴을 비치며 직원들에게 그간 잘 지냈는지 안부를 묻곤 하셨다. 인사이동을 하고 얼마 뒤에 그 회장님이 내가 이동한 부서에 볼일이 있어서 방문하신 적이 있었다. 나를 발견하고는 여기서 근무하냐면서 무척 반가워하셨다. 그러고 나서 그 부서에 아는 계장님들에게 가서는, 내가 좋은 직원이니 잘 부탁한다며 다니시는 것이었다. 좀 민망했지만, 평소에 특별히 잘해 드린 것도 없는데 날 좋게 봐 주신 것과 어떻게든 돕고 싶어 하는 따뜻한 마음에 감사했다.

그 동에 오래 거주하신 부녀회장님은 성격이 시원시원하고 업무에 관해서도 직원들과 잘 소통하는 분이었다. 하루는 퇴근할 때쯤 참기 힘들 정도로 배가 고팠다. 그 행정복지센터에서는 저녁에 보통 배달 음식을 먹었는데 그것이 물리기도 하고 해서, 근처의 식당에서 혼밥을 하게 되었다. 그런데 마침 부녀회장님이 그곳에서 가족과 외식하던 중에 날 발견하셨다. 회장님은 나의 만류에도 불구하고 내 밥값을 미리 결제해 주셨다. 많이 먹으라며 환하게 웃는 회장님의 모습에서 가족 같은 포근함이 느껴졌다.

통장님들도 행정복지센터에 자주 오셨다. 나는 주기적으로 통장님들을 통해서 해야 하는 일들이 있었다. 통장님들은 다른 직원들과도 협업하여 다양한 일을 하셨다. 그래서인지 통장님들께는 적은 액수이기는 하지만 매월 수당이 나왔다. 통장님들 중에는 이 동에서 근무하고 있던 한 계장님을, 무려 20년 전쯤부터 알고 지낸 분들이 있었다. 이 동네에 쭉 사셨던 그분들은 아주 젊은 시절부터 자생단체 활동을 시작했고, 계장님 역시 그 무렵에 이 동에 발령이 나서 그때부터 서로 안면이 있는 것이다. 20년이라면 헉 소리가 날 법했다. 아이가 태어나서 성인이 되는 시간이었다. 한 동에서 오랜만에 재회하면, 반가우면서도 세월의 감회가 깊을 것 같았다.

주민자치회나 여러 자생단체의 회의 뒤에는, 단체 간부들과 함께하는 회식이나 술자리가 많은 편이었다. 그런 날이면 주무계 팀장님은 "오늘 뭐 있어? 저녁에 좋은 거 먹으러 가자! 시간 좀 내 봐~"라고 하면서 직원들을 계속 찔러보며 다니셨고, 한두 명의 직원이 걸리기도 했다. 자생단체는 날씨 좋은 계절에 야유회를 가기도 했다. 주말인 경우가 많아서 직원들이 그다지 좋아하지는 않았다. 하지만 직원들의 업무가 각 단체 활동과 연관되어 있다 보니, 더욱 원활한 업무 소통을 도모하고자 직원들도 이 야유회에 참석하곤 했다. 그렇게 야유회를 다녀오면, 아무래도 직원들과 자생단체 회원들 사이가 좀 더 돈독해지는 면이 있었다. 자생단체가 연합하여 야유회를 하면 규모가 꽤 커졌다. 지역구 의원이 야유회에 참여하기도 했다. 그때는 인원이 많은 만큼 거의 전 직원이 따라갔는데, 관광버스 3대를 대절하기도 했다. 목적지에 도착하면 다 같이 식사한 후 관광지를 이리저리 거닐거나 등산을 했다. 화창한 날에 좋은 풍경을 봐서 그런지, 순수한 자발적 참여는 아니었지만 기분 좋게 그 시간을 즐길 수 있었다.

그 동에서는 매년 특정 계절마다 열리는 동 축제와 2년마다 열리는 동민의 날(동민축제)이 있었다. 이때도 각종 프로그램에 참여하고 행사를 보조하는 등 자생단체 회원들의 역할이 컸다. 축제의 첫 부분에는 국회의원이나 도의원, 시의원, 주민자치회장 등의 인사 말씀이나 소개가 있었다. 여느 축제처럼 초청 가수들이 오고, 지역 주민들의 노래자랑이 열렸다. 주민자치센터 수강생들이 펼치는 다양한 공연도 있었다. 그 외에도 게임, 전시회, 특색 있는 볼거리, 경품 추첨, 시상식 등이 있었다.

직원들은 다들 분주했다. 여기저기서 의자며, 탁자며, 물건들을 트럭에 싣거나 날랐다. 앉아서 공연을 즐기고 있는 주민들에게 미리 준비한 간식 꾸러미를 나눠주기도 했다. 식사 준비 차 자생단체 회원들과 함께 돼지고기와 김치를 썰고, 국을 푸기도 했다. 일회용 접시에 약간 허술해 보이는 차림이었지만 음식 맛은 일품이었다. 사무실에서 거의 종일 컴퓨터 모니터만 뚫어져라 보면서 일하다가, 형형색색 볼거리가 많은 축제의 장에 있으니 틈틈이 이것저것 구경하는 재미가 있었다. 공연 소리에 덩달아 기분이 들뜨기도 했다. 축제가 열리는 날이 보통 그렇듯, 하늘도 쾌청했다.

언덕 위 벤치에 앉아서 어떤 직원과 같이 잠시 쉬고 있을 때였다. 바라보던 하늘 저 멀리 큰 무대 위로, 어떤 사람이 몸을 움직이는 것이 보였다. 마치 춤을 추는 것 같았다. 눈에 힘을 주고 자세히 보니, 평소 과묵하시던 동장님이 마이크를 잡고 노래를 부르면서 무거운 몸을 이리저리 흔들고 계셨다. 비록 몸치였지만 주민들의 요청과 환호가 있으니 기꺼이 하시는 듯했다. 머지않아 그 무대 위로, 낯익은 자생단체 회원과 주민 몇 분이 올라가서 동장님과 함께 신나게 춤사위를 벌였다.

언젠가 동 축제가 열렸던 장소를 들른 적이 있다. 축제가 열렸던 날처럼 화창하고 푸른 날이었다. 사람들로 북적이던 때와는 달리 인적이 드물고 조용했다. 다만 새소리와 나뭇잎들을 스치는 바람 소리가 가득했다. 언덕 위 벤치에 앉아 쉬고 있는데, 예전의 축제 풍경이 떠올랐다. 사람들의 웃음소리가 들리는 듯했다. 문득 그때가 그리워졌다면, 그 장소를 들른 날처럼 축제 때의 날씨가 유독 좋아서였을까, 아니면 함께 했던 사람들이 좋아서였을까.

발걸음 가벼워지는
출퇴근

　예전에 어느 회사에 다닐 적에, 사수로부터 한소리를 듣게되었다. 오전 8시 40분쯤 내 자리에 도착하곤 했기 때문이다. 정식 근무 시간은 오전 9시부터였다. 그러나 사수는 '직장생활을 제대로 할 마인드라면, 최소한 오전 8시 30분 이전에는 와 있어야 하는 것 아니냐'고 했다. 사수는 과거에 본인이 얼마나 일찍 출근해 있었고, 그 시간 동안 무엇을 했는지를 읊었다. 머쓱했지만 그래도 잘 챙겨주는 선배였고, 윗분들의 사고방식은 더 하겠다 싶어서 새겨들어야 할 것 같았다. 다행히 그때 살던 집에서 회사까지는 지하철로 한 번에 갈 수 있었고, 다시 이전처럼 일찍 출근하려고 노력했다. 공무원이 된 후에도, 한동안은 오전 8시 30분에 출근하곤 했다.

그러던 나의 출근 시각이 조금씩 늦어졌다. 다른 부서에 있는 동기들이나 같은 부서 직원들의 출퇴근 시각을 보고 듣다 보니, 굳이 애써 30분씩 일찍 올 필요가 없었다. 8시 45분쯤 출근하는 직원들이 많았고, 종종 8시 50분에 출근하는 직원들도 있었다. 나도 점차 8시 40~45분쯤 출근하는 날이 많아졌다.

인원이 많은 부서에 있을 때였다. 하루는 8시 45분이 거의 다 되었음을 인지하고, 헐레벌떡 뛰어와서 내 자리에 앉았다. 급하게 컴퓨터를 켜고 나서 주변을 둘러보니, 그 넓은 사무실이 여기저기 휑하니 직원들이 별로 없었다. 그런데 점차 직원들이 하나둘, 출입문에서부터 느긋하게 걸어오는 것이었다. 뛰어온 내가 멋쩍은 느낌이 들었다. 부서장님이 직원들보다 먼저 출근해 계신 날도 많았다. 나도 그렇게 부서장님보다 늦은 날에는 조용하고 재빠르게 자리에 앉은 뒤, 일찍 온 날보다 더 부산스럽게 서류를 부스럭거리며 바쁜 모습을 보였다. 부서장님 자리에서 내 자리가 무척 잘 보였기 때문이다.

초과근무를 하고 늦게 퇴근하는 직원들은 늘 있었다. 오전 8시 이전에 출근하는 직원들도 있었다. 근무 시작 시간인 오전 9시보다 이르게 출근하여 업무를 하고 이에 상응한 초과

근무 수당을 받으려면 오전 8시까지는 출근해야 했다. 오전 8시 이후에 출근하면 오전 9시까지 근무하더라도, 그 사이의 시간은 초과근무 시간으로 인정되지 않았다. 저녁 식사 시간에 해당하는 오후 6시와 7시 사이의 1시간도 초과근무 시간에서 제외되었다.

예컨대 오전 8시 5분에 출근하고 저녁 8시에 퇴근하면 오전 9시 이전에 근무한 55분과 오후 6~7시의 1시간이 제외되고, 1시간만큼의 초과근무 수당이 나왔다. 그런데 단 5분 차이지만 오전 8시에 출근하고 저녁 8시에 퇴근하면, 오전 9시 이전에 근무한 1시간이 포함되어 2시간만큼의 수당을 받을 수 있었다. 같은 이치로 오전 7시에 출근하고 저녁 8시에 퇴근하면 3시간만큼의 수당을 받을 수 있었다. 초과근무는 평일 외 주말에도 가능했다. 나 역시 잔무가 있으면 금요일에는 일찍 퇴근하고, 토요일이나 일요일 오후에 느긋하게 사무실에 나와서 초과근무를 하기도 했다.

자녀들의 양육으로 바쁘거나 워라밸을 중요하게 생각하는 직원들은 일이 많더라도 칼출근과 칼퇴를 선호했다. 나 역시 종종 야근하기도 했지만, 되도록 칼퇴를 하려고 노력했다. 칼퇴를 하려면 보통 근무 시작과 동시에 퇴근 시까지 쉴 틈 없이 업무를 처리해야 했다. 근무 시간에 일만 하는 것이 당연

지사이긴 했지만, 업무로 인해 간혹 화장실을 제때 못 간 적도 있었다. 일하느라 앉아만 있었는데도 때로는 숨이 가빴다. 그렇게 일하다 보면 어느새 오후 6시가 가까워져 있었다. 6시 정각이 되면 부서장님이 가시나 안 가시나 슬슬 눈치를 보다가, 부서장님이 6시 5분이나 10분쯤 자리를 뜨면 그 이후에 퇴근하곤 했다. 부서장님이 계속 퇴근을 안 하시는 경우도 있었다. 그때는 다른 직원들이 점차 빠져나갈 때 뒤따라 나가거나, 약속이 있으면 부서장님께 인사를 드리고 내가 먼저 퇴근하기도 했다.

모든 부서에서 칼출근과 칼퇴가 가능한 것은 아니었다. 시청의 경우엔 구청과 동보다는 일이 대체로 더 많은 편이었고, 그만큼 퇴근도 늦어지는 편이었다. 또 각종 회의가 일찍 시작되는 부서가 많았다. 오전에 갑자기 뭘 시장님께 보고해야 하는 등 급작스러운 일들이 생기기도 했다. 일찍 출근하는 것이 신상에 이로워 보였다. 구청과 동에서도 부서나 맡은 업무에 따라 일찍 출근해야 하거나 늦게 퇴근할 수밖에 없는 자리가 있었다. 각 부서의 주무계 직원들도 일찍 출근하는 편이었다.

한때 공무원의 칼퇴가 부각되던 시기가 있었다. 공무원은 퇴근 시간만 되면 눈치 보지 않고 바로 퇴근한다는 식의 인식이었다. 내가 공무원이 되고자 했던 부수적인 이유 중에도, 칼퇴나 워라밸 같은 게 있기는 했다. 아마 그래서였는지 맨 처음 한동안 칼퇴를 못했을 때는 부풀어 있던 기대가 꺾이면서 오는 헛헛한 마음이 있었다. 그리고 공무원의 칼퇴는 어디까지나 공무원 세계의 단면이고 일부라는 것을 알게 되었다.

한창 여유로운 출근과 칼퇴를 자주 할 수 있었던 시기에는 내 삶이 풍족하게 느껴졌다. 직장에서 마주해야 하는 업무나 대인관계의 어려움이 없지는 않았다. 그러나 그것에서 벗어나서 조금이라도 더 나를 위한 시간을 가질 수 있었다. 보다 여유가 있는 만큼, 주변 사람들도 더 잘 챙길 수 있었다. 칼퇴를 향한 마음은 나도, 다른 직원들도 같아 보였는데 특히 금요일에는 모두가 합심하여 칼퇴를 바랐던 것 같다. 오후 6시가 지나자마자, 직원들이 서둘러 자리를 정리하면서 퇴근 인사를 나누는 소리가 들려오곤 했다. 출입문으로 나가는 직원들의 표정이 그렇게 가벼워 보일 수 없었다. 나 역시 금요일 칼퇴를 하게 되는 날에는 마음속으로 외치곤 했다. 'Freedom~!'

각양각색
점심 풍경

출근하면 제일 기다려지는 건 첫 번째가 퇴근이요, 두 번째는 점심시간이었다. 다 먹고 살자고 하는 일이라며 먹는 것을 낙으로 여기는 직원들, 아침을 안 먹는 직원들 등 많은 이들에게 점심 메뉴가 무엇인지는 늘 관심사였다. 점심 메뉴를 정해야 하는 직원에게는 고민거리였지만 말이다. 식사를 마친 뒤 오후 근무를 시작하기 전까지의 시간은, 회사에서의 하루 중 휴식다운 휴식이라고 느낄 수 있는 유일한 시간이기도 했다. 식사 분위기나 휴식하는 모습은 부서마다 혹은 직원마다 달랐다. 근무지가 어떤 위치에 있는지, 동료들의 성향이 어떤지 등에 따라서도 달라졌다.

점심시간, 근무 장소에 따라 유독 차이가 나는 점을 꼽자면 그것은 구내식당 유무였다. 시청과 구청에는 구내식당이 있었던 반면, 행정복지센터에는 보통 구내식당이 없었다. 구내식당 밥값은 외부 식당에서 사 먹는 것에 비하면 매우 저렴했다. 시청과 구청에 있으면 동에 있을 때 보다는 확실히 식비가 덜 나갔다. 시청과 구청 구내식당의 일주일 치 중식 메뉴는 행정전산망에서 미리 확인할 수 있었다. 구내식당은 영양사가 식단을 잘 관리해 주었고, 매일 메뉴가 바뀌었다. 평소보다 구내식당 대기 줄이 꽤 길다면 그날은 직원들에게 인기 있는 메뉴가 나오는 날이었다.

부서장님의 성격과 스타일이 그 부서의 식사 모습에 영향을 주기도 했다. 부서장님이 말단 직원을 포함해서 가급적 많은 직원과 같이 식사하기를 좋아하는 성향이라면, 그런 자리가 많은 편이었다. 팀별로 돌아가면서 직원들과 식사하는 부서장님이 있는가 하면, 주무계 등 특정 직원들과만 주로 식사하는 부서장님도 있었다. 직원들은 주로 같은 팀끼리 식사했는데, 간혹 팀별이 아니라 다른 방식으로 식사 조가 만들어지기도 했다.

내가 갓 신규였을 적에 부서 직원들은 부서장님이 좋아하는 특정 식당에 자주 갔다. 외관이 후줄근하고 내부도 칙칙했지만, 백반 메뉴가 맛있는 집이었다. 다른 신규 직원과 나는 늘 수저와 티슈, 물컵 등을 챙기곤 했다. 연배 있는 분들이 많은 자리였다. 식사 중에 이런저런 얘기를 경청하며 신경 쓰다 보면 때로는 속이 더부룩하게 느껴졌다. 그저 신규라는 데에서 오는 경직됨도 어느 정도 있었던 것 같다. 그래도 하루 중 제일 잘 먹어야 하는 식사는 점심이라고 늘 생각했다. 직장 일을 잘 하려면 점심밥은 일단 잘 먹고 봐야 했다. 식사 분위기가 어떻든 부지런히 공깃밥을 비워내려고 노력했다. 그때는 나름대로 생존 식사였는데, 계장님들은 먹성이 좋다며 잘 먹는다고 좋아하셨다.

다른 신규 직원은 남자임에도 불구하고 점심밥을 절반밖에 못 먹고 있었다. 체격이 왜소한 것도 아니었다. 누가 뭘 물어보면 말도 번지르르하게 잘하고 성격도 좋아 보이던 직원이었다. 그런데 밥을 매번 그렇게 남기니 의아했다. 단지 속이 별로 안 좋다고 하기엔 그 기간이 너무 길어 보였다. 나중에 느낀 바로는 부서장님이 계시는 자리이기 때문인 듯했다. 그 직원은 부서장님이 내릴 근평을 꽤 신경 쓰는 것 같았다. 만약 평소에도 그러한데, 식사 시간에까지 부서장님을 과하게 의식하게 된다면 밥맛이 돌지 않을 만도 했다. 어쩌면 한동안 위장 장애가 있었거나 단순히 그 식당 밥이 입맛에 안 맞았는지도 모르겠다.

시간이 지날수록 점심시간은 편하고 즐거워졌다. 그러나

그렇지 않은 때도 간혹 있었다. 어떤 팀장님은 워낙 단숨에 식사하셨는데, 비교적 밥을 빨리 먹는 직원들도 팀장님의 식사 속도가 너무 빠르다고 할 정도였다. 배 속에 급하게 채워 넣어도 맞추기 빠듯한 식사가 되곤 했다. 다 먹으려면 다 먹을 수 있는데, 음식을 남긴 채 일어서는 때마다 너무 아쉬웠다. 한번은 나와 어떤 직원이 우리는 좀 더 먹고 갈 테니, 먼저 가시라고 팀장님과 다른 직원들에게 얘기한 적이 있다. 팀장님이 다른 직원들과 먼저 나가면 나와 그 직원은 밥과 반찬을 싹 비워내고 식사를 다 마칠 수 있었다. 그런데 종종 팀장님은 다 드시고도 가지 않고 우리를 기다리겠다며 앉아 있기도 했다. 다른 직원들 역시 다 같이 앉아 있으니 결국, 얼마간 더 먹다가 또 음식을 남긴 채 일어서야 했다. 서로 먹는 속도가 너무 달라서 은근히 불편해지곤 하던 때였다.

시청 근처에는 큰 공원이 여럿 있었다. 구내식당에서 식사를 마치고, 시청 입구에 줄지어 있는 카페에서 커피를 가지고 나온 뒤에 공원을 한두 바퀴 도는 것이 일종의 루틴이었다. 산책은 하지 않고 카페 안에서 수다만 떠는 직원들도 있었다. 시청은 주변이 번화가이기도 했다. 유명한 식당, 맛집이 즐비해서, 점심이나 저녁 식사를 그런 곳에서 하기도 했다. 퓨전 레스토랑이나 특색있는 식당을 찾아가 직원들과 함께 밥을 먹고 얘기하다 보면, 또래 직원들은 동네 친구 같은 느낌이 들기도 했다. 그렇게 웃기도 하고 티격태격하기도 하면서, 일하느라 골치 아팠던 시간을 잠시나마 떨쳐버릴 수 있었다.

식사 전후로 사라지는 직원들도 있었다. 혼자만의 시간이 중요한 직원들은 종종 어딘가에서 혼밥을 하고 혼자 쉬는 등 자신만의 시간을 가졌다. 잠이 고픈 직원들도 있었다. 이들은 소등해서 살짝 어두워진 사무실 책상에 엎드려 있거나, 의자를 뒤로 한껏 젖히고 잠을 청했다. 반면에 짬을 내서 청사 내의 헬스장을 이용하거나 근처 대형마트에 가서 장을 보는 직원들도 있었다.

구청 근처에도 다양한 식당과 카페가 있었다. 직원들과 어디를 가든, 각자 안면이 있거나 친분이 있는 직원들을 자주 마주쳤다. 집이 가까운 직원들은 집에 들렀다 오기도 했고, 아예 집에서 점심을 먹고 오는 직원도 있었다. 역시나 구청 헬스장에서 운동하는 직원도 있었다. 구청 주변에는 상당히 긴 산책로가 있었는데, 많은 직원이 식사 후 그곳에서 산책하곤 했다. 산책로에서는 봄이 오면 봄이 오는 대로, 가을이 오면 가을이 오는 대로 꽃과 단풍이 주는 계절의 정취를 물씬 느낄 수 있었다. 출장을 갈 때를 제외하고는 밖에 나갈 일이 없었다. 그래서인지 점심때 직원들과 함께 햇빛을 받으며 나무들 사이를 걷고 오면 그렇지 못할 때와는 달리, 오후 근무에 임하는 기분이 한결 나았다.

어떤 행정복지센터는 한쪽으로는 주택가의 골목식당이, 한쪽으로는 대학가의 음식점 상가가 늘어서 있었다. 골목식당 쪽으로는 오래된 맛집 몇 군데가 있었는데, 그중에서도 돼지국밥과 수육으로 유명한 집이 있었다. 가격이 저렴한 편이어서 직원들과 자주 갔었다. 그곳에 가면 외관도 내부도 주방도 너무 낡고 허름하여 옛날 깡촌의 시골집에 온 기분이었다. 그러나 국밥을 먹는 순간만큼은 늘 그 맛에 반하곤 했다. 국밥 한 그릇을 다 비우고 나면 속이 든든해지면서 기분이 좋아졌다.

간간이 근처 대학교 교직원 식당에서 식사한 적도 있었다. 대학교 캠퍼스는 입구부터 청년들의 파릇파릇한 기운이 뿜어져 나왔다. 대학교의 알록달록함과 학생들의 생기발랄함이 내 마음을 밝게 해 주는 것 같았다. 나이가 들수록 또 직장생활을 할수록 대학 시절은 점점 까마득해졌다. 그러나 대학교에 가면 예전의 향수를 조금은 느낄 수 있었다. 식사 후 캠퍼스 그늘 빈자리에 앉아 쉬면, 잠시인데도 불구하고 녹색의 우거진 나무들이 내 머리를 맑게 해주는 것 같았다.

또 다른 행정복지센터는 주변에 주택은 즐비해도 식당은 적은 편이었다. 그 무렵 나와 같이 식사하던 직원들은 외부로

나가는 것을 별로 좋아하지 않았다. 주로 휴대폰 앱으로 배달 음식을 시켜서, 2~3층 회의실 같은 장소에서 점심을 먹었다. 몇 시까지 와 달라는 주문 요청이 늘 들어갔다. 그러면 점심시간이 됨과 거의 동시에 식사를 시작할 수 있었다. 크게 움직일 일이 없고, 휴식 시간이 늘어나서 좋았다. 식후 커피와 음료도 자주 배달시켜 먹었다. 가끔은 차를 타고 나가서 대형 복합시설 식당과 카페를 이용하기도 했다. 그때는 딱히 뭘 하지 않고 서둘러 이동만 했는데도, 점심시간이 후딱 지나가 버려 아쉬웠다. 그러면 또 한동안은 배달 음식의 편리함과 여유에 빠져들었다.

배달 앱으로 주로 점심을 해결하는 방식의 단점은 점심 비용이 늘어나는 것과 운동 부족이었다. 같이 식사하는 직원들은 걷거나 운동하기보다는 같이 얘기하거나 엎드려 자는 것을 더 좋아했다. 식사도 커피도 배달로 주문해 먹으면서 편하게 쉰다고는 하지만, 마냥 앉아만 있는 날이 한두 달쯤 지나자 좀이 쑤시기 시작했다. 이 직원들은 회사 마치고 따로 운동하지도 않는다는데 나나 이 직원들이나 이래도 괜찮을까 싶었다.

그 동 역시 가까이에 대학교가 있었다. 그곳에는 가본 적이 없었는지 한 직원에게 물어보았다. 그러자 그 직원은 예전에 있던 몇 직원들은 가끔 대학교에서 식사나 산보를 했다는 것을 흘려들었다고 했다. 언제부터인가 나도 배달 음식을 다 먹고 나면 얼른 나와서, 나 혼자라도 대학교 쪽을 걷다 오곤 했다. 대학교 옆에 낮은 산이 있어서 산길을 잠시 걷다 오기도 했다. 내가 자주 그러고 다니게 되자 도통 움직일 것 같지 않던 직원들도 어느덧 하나둘 산책하게 되었다.

근무지마다 점심 풍경은 조금씩 달랐다. 그런데 일부 시기와 경우를 제외하면 대체로 비슷한 점이 있었다. 함께 점심시간을 보내는 직원들이 자연스럽게 친근해졌다는 것이다. 같이 식사하거나 휴식하는 일은 어찌 보면 단순하고 평범한 일상이었다. 그런데 그런 시간 속에서 함께 하는 직원들의 따뜻한 마음을 느낄 수 있었고, 서로를 좀 더 이해하고 배려할 수 있게 되었다. 이런 점이 직장생활을 하는데 알게 모르게 힘이 되어 주었다.

조직과 공동체,
그 어디쯤

"아이고~ 오랜만이네요, 반갑습니다. 잘 지내셨죠~ 우리 직원 잘 부탁합니다~"

인사발령으로 부서가 바뀌게 되자, 이전 부서의 부서장님이 내가 새로 이동한 부서에 방문하시어 이렇게 말씀하셨다. 같이 근무했던 몇 직원들도 부서장님과 함께 왔는데, 역시 나를 잘 부탁한다는 인사를 건넸다. 마치 함께 살던 가족을 인계하는 느낌이 들었다. 그 과정에서 생기는 섭섭한 마음, 잘 살길 바라는 마음이 배웅과 덕담으로 드러나고 있었다.

보통 인사발령이 나면 발령이 안 난 직원들도 움직일 채비를 했다. 직원들 일부나 다수가 소정의 다과를 들고 발령 난 직원들이 가게 된 부서들을 한 바퀴 순회했다. 처음에는 이런 광경이 참 신기했다. 그러면서도 부서 전체 송별 회식만 했으면 됐지, 왜 또 우르르 가고 오르르 오면서 단체로 인사를 주고받는 걸까 싶었다. 그런데 그렇게 직접 배웅을 받아 보니 뭔가 마음이 뭉클해지면서 힘이 나는 것을 느끼기도 했다. 부서이동 때 배웅해주는 모습은 지역 공무원 사회에 있는 독특하고 정감 있는 문화 같았다. 이렇게 지역 공무원 사회는 단순히 일만 하는 조직을 넘어서서, *끈끈한 공동체로 느껴지는* 면들이 있었다.

지방공무원 채용은 서울시를 제외하고는, 시험을 치를 때부터 응시 자격요건에 거주지 제한이 있었다. 시험을 치르는 당년에 계속 주소지가 해당 지자체로 되어있거나 시험을 치르는 해 이전에 그 지자체에 주소가 있던 기간이 총 3년 이상이면 그 지자체 시험에 응시할 수 있었다. 채용되는 사람들은 자연스럽게 어느 정도 지역색을 띠게 되었다. 직원들이 태어나고 자란 지역은 다양했다. 인근 지자체에서 오랫동안 살다가 이 지역 공무원으로 채용된 후부터 이 지역에 살고 있는 직원들이 있었다. 거리가 먼 다른 지자체 공무원으로 있다가, 전입해 온 직원들도 있었다. 그래도 이 지역 출신 직원들이 월등히 많아 보였다.

그러다 보니 직원들 간 초·중학교 또는 고등학교 동문인 경우가 빈번했다. 대학까지 이 지역 혹은 같은 권역의 대학을 졸업한 경우가 많아서, 대학 동창 사이가 되는 직원의 무리를 대거 본 적도 있다. 학교 동문에다가 같은 지자체 공무원이라면 그 사실만으로도 깊은 동질감과 연대감이 생기는 것 같았다. 부모님까지 이 지역에서 오래 살며 뿌리를 내린 분들이라면, 지역색은 한층 더 짙어졌다. 부모님의 친인척, 지인들까지 이 지역 곳곳에서 일하며 생활할 테니 말이다. 인간관계가 뻗치는 영역은 공무원 사회라고 예외는 아니었다. 공무원 조직 안에서도 한 다리 건너면 알고 봤더니 친인척이거나, 부모님과 인연이 있다거나, 아는 사람들이 겹치거나 할 수도 있는 일이었다. 학연만이 아니라 혈연이나 기타 관계로, 이미 처음부터 촘촘한 관계망 속에서 연결되어 있는 가까운 사이인 경우가 생각보다 많아 보였다.

이런 배경 외에도 직원들의 사이를 친밀하게 해주는 것들이 있었는데, 그중 하나가 공무원 동아리 활동이었다. 동아리 리스트를 쭉 훑어보면 각종 연구 동아리, 축구회, 야구회, 골프회, 탁구회, 산악회, 볼링회, 음악 밴드, 봉사회, 종교모임 등등 종류가 참 다양했다. 동아리에는 관심이 있지만 혹시나 직장생활의 연장 선상에 놓이게 되지는 않을까 하는 생각에 가입을 주저하는 직원들이 있었다. 그러나 그런 것들을 개의치 않고 동아리 활동을 하는 직원들도 있었다. 어떻게 보면 취미를 즐기면서 스트레스를 풀고 함께 활동하는 직원들과의 친분도 생기니 일석이조가 될 수도 있었다.

또 행정전산망에는 경조사 게시판이 있었다. 하루는 어느 직원이 그 경조사 게시판을 쭉 훑어보다가, 아는 직원의 경조사를 놓친 사실을 알고서는 너무 안타까워하면서 어떻게 해야 할지를 고민하는 모습을 보았다. 평소에는 주기적으로 틈틈이 경조사 게시판을 살펴보곤 했는데, 일이 한창 바빠지면서 한동안 들여다보지 못했다고 한다. 동기들이나 같은 부서 직원들의 경조사를 챙기는 정도에 그치지 않고, 그 직원처럼 수시로 그 게시판을 확인하면서 다른 부서 직원들의 경조사까지 꼼꼼하게 챙긴다면 더 많은 직원과의 사이에서 고마운 마음과 친분이 쌓이게 될 것 같았다.

결혼까지 성사되어 진짜 가족이 되어버린 직원들도 있었다. 부서마다 공무원 배우자를 둔 직원들이 여럿 있었다. 같은 지자체 소속이 많은 편이었고, 다른 지자체 소속이거나 국가직 공무원인 경우도 있었다. 소속이 같은 부부 공무원은 공무원으로서의 정체성과 소속 지역에의 결속력이 최대치에 이를 것 같았다. 아는 직원 중에도 그렇게 정분이 나서 결혼한 사람들이 있었다. 그중 한 직원은 나에게 애인과의 비밀연애 현장을 들킨 적이 있었다. 좋은 날씨에 야외에서 딱 마주쳤다. 애인은 같은 지자체 직원이었고, 이런저런 계기로 사귀게 된 사이였다. 그 직원은 애인이 다른 직원들 입에 오르내리는 것을 싫어하고 이에 예민하다며 비밀로 해 달라고 부탁했고, 별일도 아니었기에 나는 흔쾌히 알겠다고 했다. 그 사랑은 결국 결실을 맺게 되었고, 어느새 나는 그 직원의 결혼식장에서 다른 직원들과 함께 축하 박수를 치고 있었다. 이렇게 결혼으로 가기 전까지는 비밀연애를 하는 직원들이 꽤 있었다.

공무원 임대아파트에 거주하는 직원들은 서로 이웃이 되기도 했다. 공무원연금공단에서는 공무원의 주거 안정을 위해, 일부 지자체별로 공무원 임대아파트를 운영하고 있었다. 전세나 월세가 시세보다 저렴했기 때문에, 당장 주택을 구입하기 어렵거나 기타 사정이 있는 직원들에게 도움이 됐다. 우리 지역에 있던 여러 임대아파트의 경우 인기가 많은 곳은 경쟁이 치열했고, 인기가 낮은 곳은 공고 시 입주신청을 하면 곧잘 선정되곤 했다. 인기가 낮다고 해도 아파트 연식이 20년이 되려면 한참 남은 상태였고, 면적도 20평대, 30평대 등 인기 평수였으며 외관, 내관 모두 괜찮아 보였다. 이곳에 거주하는 직원들은 미혼에서부터 신혼부부, 자녀를 양육하는 직원들에 이르기까지 다양했다. 공무원 임대아파트가 아니어도 직원들이 같은 아파트 단지에 거주하는 경우도 흔했다.

행정복지센터 계장님들이 지내시는 모습을 보면서, 정겨움을 느낀 적도 있다. 보직을 받지 않은 계장님(엄밀히는 6급 주무관님)이 있었는데, 말단 직원들에게도 늘 존칭을 해 주시던 분이었다. 그 계장님은 보직을 받은 계장님(팀장님)보다도 나이가 많았다. 그런데 보직 여부, 소속 팀과 상관없이 계장님들은 모두 화목하게 지냈다. 그 당시 주무계 팀장님은 동장님보다 나이가 많았다. 직원들을 잘 배려해 주시던 그 팀장님은, 동장님의 다소 무리한 듯한 요구를 중간에서 잘라주곤 하셨다. 덕분에 밑에 직원들은 때때로 안도의 한숨을 쉬었다. 물론 동장님이 어떤 분인지에 따라 그 관계 혹은 부서 공기가 완전히 달라질 수도 있었다. 그런데 내가 경험한 것들에 비춰보면, 공무원 조직에서는 직원들과의 관계가 오로지 직급과 성과로만 정해지는 것 같지는 않았다. 또 오직 그것만을 기준 삼아 직원을 대하지도 않는 듯했다.

같은 조직 안에서 언제든지 함께 일할 수 있고, 오랫동안 볼 사람들이다 보니 직원들은 흔쾌히 서로 도움을 주고받는 편이었다. 다만 시청에서는 승진이 중요하고 일이 많다 보니 개인이나 부서에 따라 공기가 사뭇 달라지기도 했다. 시청에서는 좀 덜할 수 있었지만, 조직 전반적으로 상부상조의 분위기가 있었다.

어디에서 근무했든지 간에 경쟁이 우선시되고, 내 일 아니면 나 몰라라 하는 분위기였다면, 나는 그처럼 많은 도움을 받지 못했을 것이다. 일하다가 막히는 부분이 생겼는데 다소 급한 상황이라면, 시청이나 다른 상급기관에만 답을 구하는 데는 한계가 있었다. 담당자가 바뀐 지 얼마 되지 않아서 혹은 일 자체가 까다로워서 알아보는 데 시간이 걸릴 수도 있었고, 출장이나 휴가로 담당자가 부재중인 경우도 있었다. 동기들 역시 그 일을 잘 모를 때가 있었다. 그럼 다른 동이나 부서에 물어보기도 했는데, 일면식이 없는데도 불구하고 많은 직원이 자신이 알고 있는 선에서 최대한 설명해 주었다. 생소한 업무나 행사에 대해서 참고차 다른 부서 직원들에게 물어보았을 때도 친절한 답변을 들었다. 그때마다 직원분들께 참 감사한 마음이 들었다.

　먼 친척보다 가까운 이웃이 더 낫다는 말이 있다. 직원들은 정말로 내 가까이에서 살고 있는 이웃, 같은 지역 주민이었다. 또 채용 이전부터 많은 직원이 다양한 연결고리로 연결되어 있었다. 조직 안에서 승진과 관련해서 경쟁하기도 했지만, 사기업보다는 경쟁이나 이해타산적인 면이 훨씬 덜했다. 그런 환경에서는 직원들과 오래도록 함께한다는 공동체 의식이 생기면서, 어느 정도 서로를 배려해 주는 분위기가 자연스럽게 조성되는 것 같았다.

　직원들은 함께 근무하다가 다른 부서로 가게 되더라도 이따금 서로 연락하거나 따로 만나는 등 사적인 친분을 이어가기도 했다. 자주 보면서 친구처럼 편하게 지내는 직원들도 있었으니, 자신의 의지에 따라서 잘 맞는 직원들과는 충분히 막역한 사이로 발전할 수 있었다. 또 꼭 그렇지는 않더라도 근무하면 할수록 여러 직원과 알게 되고 가까워졌다. 그러한 연대감 속에서 종종 마음의 따뜻함을 느끼기도 했던 공무원 생활이었다.

공무원 DNA
+α

공무원 시험을 준비하기 전에 적성에 대한 고민을 잠깐 한 적이 있다. 공무원 재직자를 포함한 여러 사람이, 말단 공무원은 누구나 할 수 있고 적성과도 크게 상관이 없다고 했다. 그 말도 일리는 있었다. 업무가 고도의 전문성과 경력을 필요로 할 것 같으면 채용 시부터 그런 조건이 붙었을 것이다. 또 누군가에게 딱히 결격사유가 없고, 공무원 시험에 합격할 수준의 두뇌와 면접을 통과할 대응력이 있다면 공무원으로서 일할 수 있는 기본적인 자질은 있다고 봐도 무방했다.

그런데 실제 공무원을 해 보니 공무원의 직렬·직류가 다양한 만큼 업무의 성격이 다양했고, 향후 근무환경 등 여러 가지 면에서도 차이가 날 수 있었다. 특정 직렬·직류의 직무를 맡았을 때 어떤 일을 하는지를 미리 자세히 알아본다면, 자신의 성격과 성향에 좀 더 어울리는 쪽을 발견할 수도 있다. 멀리 볼수록 그런 방면의 직렬·직류를 선택하는 것이 좋은 것 같다. 그리고 누구나 공무원을 할 수는 있지만 공무원을 하기에 좀 더 잘 맞는 사람, 좀 더 유리한 사람이 있다고 생각한다.

• 맞춤 DNA

예전에 어떤 부서장님이 조직과 직원들을 톱니바퀴와 톱니에 비유한 적이 있다. 지자체의 행정 전반이 원활하게 잘 돌아가기 위해서는 그 저변에서 부서 조직들이 끊임없이 제 기능을 해야 했다. 그런 측면에서 본다면 각 부서는 서로 맞물린 채 계속 움직이고 있는 거대한 톱니바퀴요, 직원들은 톱니라고 볼 수 있었다. 맞물려 돌아가게 만들어진 톱니의 규격에, 자신의 모양과 크기를 맞춰 끼워야 했다.

또한 공직은 기본적으로 상명하복 체계였다. 지방공무원법에도 소속 상사의 직무상 명령에 복종해야 한다는 복종의 의무가 있다. 다만, 이에 대한 의견을 진술할 수 있게 되어있다. 상급자의 판단과 결정을 통하여 이런저런 업무 지시가 내려오면 명백히 불법이 아닌 한 자신의 의견과는 다르더라도 그 지시를 잘 따라야 했다. 그리고 지자체 공무원 업무 자체가, 주어진 일과 지시받은 일을 법과 절차대로 집행하는 성격이 강했다.

이러한 구조 속에서는 자신의 영역과 개성을 고수하려는 사람보다는 지시사항을 최대한 잘 따르고 주변 환경에 순응하는 사람이, 본인도 편하고 상급자로부터도 좋은 평가를 받는 것 같았다. 맞춤 DNA가 발달한 사람은 공직 외의 다른 집단에서도 대체로 잘 적응할 수 있는데, 특히 연공서열 중심의 조직에 보다 잘 맞는 것 같았다. 또 잘 짜여 있는 틀과 안정성을 선호하는 사람도 다른 여러 직종보다는 공무원이 더 잘 맞을 듯했다.

그리고 설령 맞춤 DNA가 다소 부족한 사람이라도 후천적으로 계속 노력하다 보면 공직 생활을 점점 잘하게 되는 것 같았다. 자신은 공무원 조직과는 잘 안 맞는 것 같다며 고개를 젓지만, 신기하게도 겉으로만 볼 때는 전형적인 공무원의 모습을 하고 있는 직원들이 있었다. 종종 자신이 소속되어 있는 조직과 스스로가 그다지 맞지 않는 것 같다는 생각이 들 수 있다. 그런데 자의든 타의든 한 조직 안에 오래 머물러 있다 보면, 어느 정도 적응이 되고 물이 들면서 다른 사람들이 봤을 때 누가 봐도 그 조직의 일원처럼 보이는 부분이 생긴다. 공무원도 마찬가지였다.

그런데 맞춤 DNA가 너무 부족해서인지, 사고방식 등이 조직·단체의 기본 생리와 안 맞는 사람들이 간혹 어쩌다 있었다. 개성이 지나치게 강하고 독특하거나 기본 상식선을 자주 벗어나면, 다른 직원이나 환경에 맞추는 것이 어려울 수도 있었다. 단지 일시적으로 팀원들이나 맡은 업무와 안 맞는다고 해서 줄곧 어떤 말이 나오기는 힘들지 않을까 싶었다. 또 드물기는 했지만, 도덕적인 문제를 포함하여 좋지 않은 소문이나 논란의 대상이 되는 직원이 생기기도 했다.

한 계장님이 회식 자리에서, 나에게 이런 얘기를 한 적이 있다. "공무원 생활은 물 흐르는 것처럼 하면 돼. 그 흐름에 나를 맡기면서, 자연스럽게 흘러가는 거지. 그럼 어느새 이만큼 와 있다니까." '그러려니' 하는 마인드를 강조하는 듯했다. 성격이 대체로 주어지는 환경에 잘 순응하고, 주변 사람들에게도 잘 맞추는 편이라면, 공무원 사회에 별다른 거부감이 없이 잘 적응할 수 있는 것 같다.

- **진취 DNA**

직원 중에는 다양한 부서에서 다양한 업무를 해가는 과정에서 자신의 적성에 더욱 잘 맞는 업무를 발견하는 사람들이 있었다. 이를테면, 행정직이긴 하지만 본인 성향으로는 사회복지 쪽이 더 잘 맞아서, 그쪽에서 여러 방면으로 전문성을 쌓고 좋은 성과를 낸 직원이 있었다. 다른 직렬 쪽으로도 그러한데, 같은 직렬 안에서 일정 분야의 전문성을 쌓을 방법은 충분히 있어 보였다. 공무원 조직 안에서도 적극적인 자세를 통해서 자신만의 길을 만들어갈 수 있다는 생각이 들었다.

내가 근무한 곳에서는 정기인사가 다가오면 직원들에게서 가고 싶은 부서를 신청받았다. 인사 고충을 포함하는 듯하면서도 결은 약간 달랐던 것 같다. 자신이 그 부서에 가고 싶은 이유와 그 부서에서 할 수 있을 법한 일을 예시로 들며, 역량을 어필해야 했던 것으로 기억한다. 정말 가고 싶은 부서가 있을 때 이런 식으로 적극적이고 열성 있는 자세를 보인다면 참고가 많이 될 것 같았다.

진취적인 직원들은 지자체의 주요 자산이기도 했다. 다른 지자체에 밀리지 않고 경쟁력을 확보해야 하는 다양한 사업이 있었기 때문이다. 또 여러 분야에서 국내 기업, 외국계 기업 등의 투자 유치를 확보하는 일도 중요했다. 이는 지역 일자리 창출과 지역 경제 활성화로도 이어지는 일이었다. 그런 일을 하려면 기본적으로 도전정신이나 창의성, 끈기가 필요해 보였다. 또 일을 잘 수행하려다 보면 아무래도 업무량이 증가할 수 있었다. 그런 점을 기피할 만도 한데, 오히려 그것을 기회로 생각하거나 그만큼 좋은 성과를 내기 위해서 노력하는 직원들을 볼 수 있었다.

그분들은 야근이 잦았는데, 늘 아이디어를 구상하고 관련 자료를 조사했다. 컴퓨터 모니터와 책상에 펼쳐진 자료들을 열심히 번갈아 보며 골몰하는 뒷모습을 자주 보곤 했다. 거기에다가 성격까지 좋은 분들을 보면, 참 대단하다는 생각이 들었다. 실제로 추진했던 일이 성공적으로 진행되는 모습을 보기도 했다. 아니나 다를까 그런 분들은 비교적 연차가 낮음에도 불구하고, 더 빨리 승진하기도 하는 등 승진에서 우위를 차지하기도 했다.

한번은 어느 동장님이, 본인이 예전에 일궈낸 사업의 성과를 직원들에게 들려주신 적이 있었다. 동장님이 체계를 구축한 그 사업은 전국에서 최초로 도입되었는데, 일종의 공공서비스였다. 동장님은 그 시스템을 준비하고 실행하기까지, 얼마나 많은 조사와 연구를 했는지를 언급하셨다. 당시 동장님과 함께 일했던 직원 역시 꽤 고생했다고 한다. 상사가 일을 많이 하는 스타일이면 덩달아서 일을 많이 하게 되는 부분이 적잖이 생기는 듯했다. 한편으로는 자신의 실적과 성과로 연결될 수도 있겠지만 말이다.

동장님은 불쑥, 듣고 있던 직원 몇 명에게 큰 책을 한 권 보여주셨다. 그 당시 그 사업에 대한 계획서나 보고서의 일종이었던 것 같다. 어떻게 저렇게 두꺼운 책이 나올 수 있었는지 감탄스러웠다. 그 사업은 시민들의 큰 호응을 얻었을 뿐만 아니라, 다른 지자체에서도 이 제도를 도입하고자 대거 견학을 왔다고 한다. 그 후 실제로 전국의 많은 지자체에서, 이와 유사한 시스템을 도입하여 운영하게 되었다. 지자체마다 시민들의 만족도도 높은 편이라고 한다. 동장님의 역량이 한껏 발휘되었던 일 같았다.

그 동장님은 동에서도 끊임없이 일을 연구하고 추진하셨다. 예컨대 동네의 명소가 있다고 하면, 비록 규모는 작더라도 어떻게 하면 이곳을 더 잘 꾸며서 방문자를 늘릴지, 어떻게 하면 주민들에게 최대한 유형무형의 이익이 가게 할 수 있을지를 고민하셨다. 자생단체 안에서의 각종 운영방식도 동장님이 생각하는 더 나은 방향으로 바꾸려고 하면서, 기존의 방식을 선호하던 간부들과 약간의 마찰이 생기기도 했다. 무엇이든 좋은 쪽으로 개선하려는 동장님의 생각에 한편으로는 공감이 갔지만, 자생단체 분들의 생각과 입장도 충분히 헤아려봐야 하지 않나 싶었다.

그러던 중 하루는 점심식사를 마치고 사무실에 들어가기 전에 좀 걷고 있었다. 저 멀리 누군가가 밀짚모자를 쓰고 불편한 자세로 쭈그린 채, 산책로 난간 구석을 열심히 페인트칠 하고 있었다. 공공근로를 하는 분이거나 다른 인부인가 보다 하며 계속 걷고 있는데, 거리가 가까워지고 보니, 동장님이어서 속으로 화들짝 놀랐다. 동장님은 내 인사에 화답하시고는 곧바로 덤덤하게 페인트칠을 이어가셨다. 같이 일하는 사람도 없이 혼자서 말이다. 작은 일에도 열과 성을 다하는 동장님을 보니 좀 감동이었고, 그전보다 동장님을 더 이해하게 되었던 것 같다.

주어진 일을 잘 집행하고 처리하는 것이 공무원의 주된 일이기는 하지만, 차츰 적극행정의 중요성 역시 부각되고 있었다. 일선에서의 각종 업무는 모든 부분이 빠짐없이 법령에 명시되어 있는 것은 아니었고, 있더라도 불명확하거나 미흡한 경우가 있었다. 혹시라도 모를 위험과 책임을 부담하지 않으려면 방어적이고 수동적으로 업무를 처리하게 되는 면이 있었다. 그런데 2019년에 적극행정 운영 규정이 마련되면서, 기존의 적극행정이 더욱 장려되기 시작했다.

이 규정은 적극행정 우수공무원 선발, 특별승급·가점 부여 등의 인사상 우대, 적극행정을 추진한 결과와 관련하여 일정 요건 구비 시 책임 면제 등을 내용으로 하고 있다. 또 각종 기발한 아이디어를 통한 지자체 중요 현안 해결, 예산 대폭 절감, 대량의 일자리 창출, 거액의 민간투자 유치 등이 적극행정의 사례로 수시로 소개되곤 했다. 이러한 기조 속에서 앞으로도 진취 DNA가 두드러진 사람은 공직 생활을 보다 즐기면서 할 수 있지 않을까 싶다. 또 주민과 지역사회를 위해 일한다는 자긍심과 성취감 또한 더 많이 느끼게 될 것 같다.

- **지역색**

한 지역에서 오래 살았고 학교도 그 지역이나 인근에서 졸업했으며 가족, 친척, 지인들도 그 지역에 많이 거주하고 있다면 지역색이 짙다고 볼 수 있다. 그런 사람일수록 그 지역의 공직 생활에 잘 적응하는 편인 것 같았다. 다만 거주지와 상관없이 직원을 채용하는 서울시나 국가직의 경우에는 다소 다를 수 있겠다.

지역색이 강하면 대체로 마음가짐에서부터 크게 번잡할 일이 없었다. 내가 알던 한 직원만 봐도 이 지역에서 태어나서 쭉 자라왔으며 가족, 친척, 친구들이 대부분 이 지역에 있었다. 가족 중에 이곳 공무원도 있었다. 본인도 공무원이 되었으니 계속 이 지역에서 살아가야 했다. 큰 이변이 없는 한, 길은 하나로 정해져 있었다. 그 친구는 토박이들이 곧잘 말하는 것처럼, 여기가 특출나게 좋을 게 뭐가 있겠냐고 했다. 정년퇴직 전까지 한 지역에서 30년 넘는 세월을 공무원 해야 할 걸 생각하면, 명치끝이 갑갑하다고도 했다. 그러나 팀 분위기가 어려울 때도 씩씩하게 직장생활을 잘 하는 모습을 보면서, 그 친구 내면에 축적되어 있는 에너지를 느낄 수 있었다.

그 친구가 얘기했던 일상에서의 식상함과 갑갑함이라는 겉면을 한 꺼풀 치우고 보면, 그 안에는 그 친구와 늘 함께해 주었고 또 함께해 줄 소중한 사람들과 그들에게서 오는 안정감이 든든하게 자리 잡고 있는 것 같았다. 그 친구는 이런 말도 했다. 그 사람들이 있는 이곳에서 계속 살아가는 것은 너무 당연한 일이라고 말이다. 물론 한 지역에서 오래 살아왔다는 것만 가지고 그 지역에 안정감이 생긴다거나 그곳에서 계속 거주할 것이라고 단정할 수는 없었다. 그래도 지역색이 강한 직원일수록 결혼 역시 같은 지역이나 인근 거주자와 하는 경우가 많았고, 앞으로의 거주지나 미래가 불확실해질 만한 별다른 변수는 없어 보였다.

한 지역을 잘 알고 그곳에서의 인적 관계망이 넓으면 일상생활뿐만 아니라 업무적인 면에서도 도움이 되는 것 같았다.

지자체 공무는 모두 그 지역에 관한 일이었다. 그 지역을 잘 알면 알수록 크든 작든 도움이 되는 것은 당연했다. 뭘 물어볼 데가 많아지면, 이 또한 업무에 도움이 될 수 있었다. 더구나 같은 조직 안에 가족이나 친인척 혹은 지인이 있다면 공무원 생활 시작 때부터 조직 적응에 필요한 다양한 조언과 정보를 얻을 수 있었다.

직원들이 자신이 속한 지역에 안정감과 애착심을 가지고 쭈욱- 사는 것은, 지자체 입장에서도 중요한 일이다. 말단 공무원이 지자체의 다양한 영역에서 활용될 수 있는 유능한 직원으로 양성되는 것은 단기간에 이룰 수 있는 일이 아니다. 장기적인 관점에서 접근해야 하는 부분이 있다. 또한 그 지역에 대한 소속감이 강할수록, 더욱 사명감을 가지고 지자체 공무에 임하게 되는 부분이 없지 않다. 그래서 지방공무원은, 채용 시부터 거주지 제한을 두는 것이 아닐까 한다.

- **간절함**

공무원뿐만 아니라 취업하고자 하는 모든 직종에 통용되는 사항일 것이다. 그 직업이 간절하다기보다는 그 직업을 통해 얻고자 하는 것들, 이루고자 하는 것들에 대한 간절함이 아닐까 한다. 그 간절함은 공무원이 되기 전에도 필요하겠지만, 공직을 이어나가는 데도 중요한 부분인 것 같다.

기본 생계비를 지출하고 노후자금을 확보하는 등 현재를 살아가고 미래를 대비하기 위해서는 누구나 돈이 필요할 것이다. 자녀를 양육하는 공무원은 두말할 것도 없고, 미혼인 공무원 역시 결혼자금이나 내 집 마련 등을 위해서는 수입원이 필요하다. 공무원은 정년까지 매년 연봉이 많아지는 체계이니, 안정적이고 장기적인 자금 확보에 여러모로 이점이 있다.

그런데 공무원이라는 직업으로 얻고자 했던 것들에 대한 간절함보다 이 직업을 통해서는 얻기 힘든 것들에 대한 절실함이 커졌을 때, 재직이 아닌 면직을 선택하기도 하는 것 같았다. 어떤 절실함이 더 커졌을지 혹은 새로 생겼을지는 사람 따라 처지 따라 다 다를 일이었고, 그만큼 면직하는 사유는 다양해 보였다. 그렇다고 공무원으로 살고자 했던 기존의 간절함이 덜 간절해져서 면직하는 것은 아닌 듯했다.

반면 아주 희박한 일이긴 했지만, 예상하지 못했던 많은 부를 얻게 되면 공무원으로 일하려는 절실함이 아예 사라져 버리는 듯 보였다. 어떤 회사에 있었어도 비슷한 결말 아니었을까 싶다. 몇십억 로또에 당첨되자마자 면직한 직원이 있었다. 그 일은 얼마간 직원들 사이에 회자되었다. 같은 부서에서 일했던 직원 중에는, 주식으로 매우 큰 돈을 번 사람도 있었다. 그 직원의 얘길 듣다 보면 부럽기도 하고, 근로의욕이 떨어지기도 했다. 부서가 달라져도 가끔 연락하곤 했는데, 계속 공무원을 할 것처럼 말했다. 그런데 어떤 심경의 변화가 생겼는지 그 직원은 결국 면직하게 되었다.

• 체력

태어날 때부터 타고나기를 체력이 강한 사람들은 큰 복을 받았다는 생각이 든다. 체력이 월등히 좋은 사람은 어떤 일을 하든지 남들보다 유리할 것이다. 체력이 좋을수록 공무원 생활에도 유리하고, 그 전 단계인 수험생활을 견딤에 있어서도 마찬가지라고 생각한다.

공직에는 상대적으로 편한 부서가 있는 반면, 높은 업무 강도에 혀를 내두르게 되는 부서도 있다. 같은 일을 하더라도 체력이 좋은 사람, 보통인 사람, 허약한 사람은 회복력에 있어서 차이가 날 수밖에 없었다. 악착같이 버티다가 수월한 부서로 발령받아서 충전하는 시기를 가지면 좋을 텐데, 그렇지 못한 상황에 놓이게 되는 때도 있었다. 그때는 휴직하거나 인사고충을 통해 문제를 해결해 볼 수도 있겠지만, 그런 경우 진급이 늦어지거나 본의 아니게 다른 직원에게 피해를 주는 등 또 다른 어려움을 감수해야 할 수도 있었다. 체력이 강점인 사람들은 그런 상황을 비교적 잘 버틸 수 있었고, 그만큼 내

공이 쌓이고 승진도 평탄하게 하는 것 같았다. 체력을 타고나지는 않았어도 공무원 생활을 잘하기 위해서 꾸준히 운동하며 체력관리에 신경을 쓰는 직원들이 많았다.

체력이 워낙 좋은데도 불구하고 자신의 적성·성향이 공무원과 별로 안 맞는 등 여러 이유로 공무원이라는 직업에 회의가 들 수도 있다. 그런 직원이라도, 이 직업의 여러 장점이 분명히 있기에 공무원을 계속하는 것이 더 낫지 않을까 싶었다. 어렵다고 하는 공무원 시험도 진즉 통과했으니 말이다. 다만, 따로 하고 싶은 일이 있었거나 새로 생겼는데 이 직업과는 도저히 병행하기 힘들다거나, 그 외 이 직업을 지속하기 어려운 특별한 사정이 있다면 얘기가 달라질 수 있겠다.

• 학벌

같은 합격 기수 중엔 연대 졸업생이 있었고, 근무하면서 서울대, 고대, 성균관대 출신의 직원들을 본 적도 있었다. 공무원 사회에도 국내 상위권 대학을 졸업한 직원들이 꽤 있었다. 심지어 어떤 행정복지센터에는 해외 유학파가 있어서 직원들 사이에서 잠깐 이슈가 된 적이 있었다.

그런데 학벌이 좋은 것이 그 자체만으로는 별다른 의미가 없는 듯했다. 학력은 그저 학력일 뿐인 것이, 어차피 지방공무

273

원 채용 시에는 학력 제한이 없다. 공부 머리와 일머리가 다르다는 얘기가 있듯이, 학벌이 좋다고 해서 공무원의 일 또한 잘할 것이라는 보장은 없다. 실력과 성과가 어떨지는 직접 일을 시켜봐야 파악할 수 있는 부분이었다. 오히려 고졸이거나 전문대를 졸업했어도, 어렵고 난해한 업무를 누구보다도 잘 해결하는 직원들이 있었다.

게다가 대학 재학 중에 공무원이 되면 다니던 대학을 끝까지 마치고 졸업하는 직원도 있었지만, 졸업하지 않고 대학을 중도에 그만두는 직원도 있었다. 후자의 경우에는 평생 직업이라고도 하는 공무원이 되었으므로 더 이상 대학교 졸업장이 크게 중요하지도, 필요하지도 않다고 판단하여 내린 결정 같았다. 공무원으로 재직하면서 석박사 과정을 밟는 이들도 있으니, 공직 내 분위기가 전부 그렇다고는 할 수 없을 것이다. 그러나 공직에서의 학력의 가치가 어느 정도인지를 보여주는 일면이기도 했다.

다만 그 지역 공무원들의 주류 학벌에 속한다면 얘기가 조금 달라질 수 있는 듯했다. 어떤 조직·단체든지 고등학교나 대학 동문이 많아지면 자연스럽게 하나의 파벌이 형성되기도 한다. 공직사회에서도 그러한 파벌이 형성되어 있다면, 그를 통해서 얻게 되는 이점이 있을 수도 있었다. 물론 이런 부분은 조직 안에서 공공연하게 중요성을 띠기에는 한계가 있을 것이다.

또한 학벌이 좋으면 특정 부서 발령 등에 있어 고려사항이 될 수 있었고, 실제로 그렇게 일하며 좋은 평가를 받는 직원들이 있었다. 그런데 학벌이 좋으면 무조건 유리하다기보다는 자신의 학벌이나 전공을 업무의 영역에서 어떻게 활용할 수 있을지를 어필할 때, 또 그러한 업무를 실제로 잘 해낼 때, 비로소 여러모로 도움이 되는 것 같았다. 즉, 학벌보다는 자기 하기 나름에 달린 일이었다.

물질적 유형의 이점을 보자면, 얼마나 빨리 공직에 입사했는지가 더 중요할 수도 있다. 20대 초반에 공직에 입문한 경우, 그보다 늦게 입문한 이들보다는 더 많은 생애 소득을 예상할 수 있다. 또 같은 나이의 직원들에 비하면, 한두 단계 더 빨리 승진한 상태일 가능성이 높아진다. 재직기간이 길어지는 만큼, 총 승진 횟수도 늘어날 수 있다.

'그대의 앞날을 응원합니다. 부서 직원 일동'

퇴근할 즈음 전혀 예상하지 못했던 꽃다발을 받았다. 거기에 꽂혀 있던 문구를 보고는 눈물이 왈칵 쏟아졌다. 언제 이런 걸 준비하셨나 싶은 고마운 마음과 공직에서 자주 보면 좋을 텐데 앞으로 그렇지 못하게 되었다는 미안한 마음이 교차했다. 어떤 직원이 사진도 찍어야 하지 않겠냐고 하니, 몇몇 직원들이 기념사진을 찍자고 모였다. 사진 속에서 그 직원들은 응원의 제스처를 취하고 있었다. 그들의 미소와 팀장님이 건네시는 마지막 인사에서 격려하는 마음이 전해져왔다.

공무원을 그만두던 해의 바로 직전 해까지만 해도 내가 면직하게 될 줄은, 그것도 당장 다음해에 그렇게 될 줄은 몰랐다. 한번은 일이 너무 힘들어서 진지하게 면직 고민을 한 적이 있기는 했다. 그러나 그 시기를 무사히 넘기고 나서는 공무원 생활이 순탄하게 여겨지기도 했다. 앞으로 이런 식으로 살면 되겠구나 하는 생각이었다. 평탄한 시기와 굴곡진 시기를 반복하며 살다 보면 어느새 정년이 되어있겠지. 그게 아니면 명예퇴직은 할 수 있겠지. 한번 해 봤으니까, 그렇게 몇 번 더 하면 되겠지 싶었다.

그런데 공무원이라는 직업과는 별개로 내게는 몇 가지 고민이 있었다. 어떤 것은 공무원이 되기 훨씬 이전부터의 오래된 고민이었다. 개인적인 환경의 변화도 있었다. 면직하기 전 5개월 동안은 내적 갈등이 최고조였던 것 같다. 고민하느라 날밤을 새우기도 했다. 다른 직원들은 하지 않을 것 같은 고민을, 나는 왜 해야 할까도 싶었다. 내 처지와 나 자신이 못마땅하게 여겨질 때는 낙담하기도 하고, 공직 생활을 무던하게 잘 이어가는 분들이 부럽기도 했다.

공무원은 좋은 직업이었다. 안정된 수입에 따른 안정된 생활은 마음에 평온함을 주곤 했다. 알게 된 직원들도 많고 개인적인 친분을 쌓은 이들도 있었다. 평생 직업으로 삼고자, 어렵게 합격하여 들어온 공직이기도 했다. 공무원을 그만둔다는 것은 큰 재산을 잃는 것 같았다. 그만큼의 상실을 감수해야 하는 일이었다. 놓기가 너무 어려웠지만 결국 면직을 선택하게 되었다.

나의 결정을 팀장님께 말씀드렸던 날, 팀장님은 경악하셨다. 이마가 잔뜩 찌푸려지면서 그렇지 않아도 큰 두 눈이 더 휘둥그레지셨다. 일시적인 감정으로 그만두면 크게 후회한다, 시간선택제 전환 공무원을 하면서 좀 더 여유를 가져보면 생각이 달라질 수도 있다 등등 갖은 이야기를 하셨다. 팀장님은 걱정 속에서 이러저러한 질문을 이어가셨고, 나는 주저리주저리 답변했다. 그러나 솔직하게 다 말씀드릴 수 없는 점들이 있었다. 지극히 개인적인 사정인만큼, 다 털어놓고 얘기하기는 어려웠다. 팀장님은 만류하셨지만 나의 확고한 의지를 확인하시면서 마지못해 수긍하시게 되었다.

정기인사 발령일에 맞추어 면직한 뒤에도 얼마간은 여러 직원으로부터 전화나 메시지가 왔다. 다른 부서에 있다가 뒤늦게 이 사실을 알고 놀람과 걱정으로 연락하신 분들이었다. 그리 좋은 일도, 힘이 나는 일도 아닌 거 같아서 따로 연락을 드리진 않았었다. 공무원을 계속했다면 언젠가 그들과 또 같은 부서에서 근무하기도 했을 것이고, 가끔 따로 만나기도 편했을 것이다. 퇴사 후에도 간혹 연락하거나 만나는 직원들이 있기는 했지만, 대다수와 연락이 뜸해지는 것은 어쩔 수 없었다. 예상치 못하게 퇴사했는데도, 나를 생각하고 연락해 주신 분들께 무척 감사했다. 그렇게 연락 주신 분들, 근무하는 동안 도움 주신 모든 분이 공직 안팎으로 늘 건승하시길 바랄 뿐이다.

응원의 꽃다발을 받고 퇴근하던 날의 풍경은 평소와 다름이 없었다. 대로변의 차는 막히고, 양옆 빌딩과 건물들은 오가는 사람들로 붐비고 있었다. 다만 멀리 보이는 산 위로 지고 있는 노을이 그날따라 유달리 붉었다. 하루의 끝인 밤을 부르는 노을은 나의 공무원 생활도 이제 마지막임을 알려주는 듯했다.

많은 고민이 있었던 만큼 후련하기도 했지만, 이 직업을 통해 누리던 것들을 이제는 누리지 못하겠구나 하는 서운함도 밀려왔다. 그만큼 좋은 것들을 많이 얻게 해 준 고마운 직업이었고, 내 마음 어딘가에 늘 남아 있을 소중한 시간이었다. 지방 행정 공무원으로서 나의 길은 아쉽게도 거기까지였지만, 내게 허락된 또 다른 삶에 충실하려고 한다.

공무원의 맛

초판인쇄 2024년 6월 22일
초판발행 2024년 6월 22일

지은이 정하늘
발행인 채종준

출판총괄 박능원
책임편집 구현희
디자인 김예리
마케팅 전예리·조희진·안영은
전자책 정담자리
국제업무 채보라

브랜드 크루
주소 경기도 파주시 회동길 230(문발동)
투고문의 ksibook13@kstudy.com

발행처 한국학술정보(주)
출판신고 2003년 9월 25일 제406-2003-000012호
인쇄 북토리

ISBN 979-11-7217-306-7 03810

크루는 한국학술정보(주)의 자기계발, 취미 등 실용도서 출판 브랜드입니다.
크고 넓은 세상의 이로운 정보를 모아 독자와 나눈다는 의미를 담았습니다.
오늘보다 내일 한 발짝 더 나아갈 수 있도록, 삶의 원동력이 되는 책을 만들고자 합니다.